D1226161

La cité inconnue

Daniel Sernine

2e tirage

Éditions Paulines

DU MÊME AUTEUR:

Organisation Argus
Le trésor du « Scorpion »
L'épée Arhapal
Argus intervient
Les envoûtements
Argus: Mission Mille

Composition et mise en page: *Helvetigraf Enr.*

Couverture et illustrations: *Charles Vinh*

ISBN 2-89039-885-4

Dépôt légal — 2e trimestre 1982
Bibliothèque nationale du Québec
Bibliothèque nationale du Canada

© 1982 Éditions Paulines
3965, boul. Henri-Bourassa est
Montréal, Qué., H1H 1L1

1

L'inconnu de St-Imnestre

En sortant de la forêt, Didier s'arrêta au pied de la butte de St-Imnestre pour voir où en étaient les travaux de fortification. On était toujours en guerre contre les colonies de la Nouvelle-Angleterre et le gouverneur avait décidé de faire construire un nouveau fortin, à une lieue du fort de Neubourg. Sur la butte de St-Imnestre, il dominerait le cours de la Paskédiac et servirait de défense avancée. Si l'ennemi choisissait de remonter cette rivière pour atteindre le coeur de la Nouvelle-France, il trouverait donc sur son chemin le fortin de Granverger, celui de St-Imnestre et, le principal, le fort de Neubourg, dominant la ville et l'embouchure de la Paskédiac.

Les travaux avaient commencé au printemps et, vers le milieu d'août, ils n'étaient donc pas très avancés. Une tranchée avait été creusée pour recevoir les fondations, et la muraille elle-même ne dépassait le sol que d'un mètre environ, deux par endroits.

On était dimanche, le chantier était désert, et Didier pensait bien être seul en montant tranquillement vers le sommet plat de la butte. Toutefois il entendit des voix, et bientôt il vit des gens derrière la muraille en construction. Il reconnut le vieux colonel Garreau, commandant de la garnison de Neubourg, en compagnie d'un autre officier qui devait être l'ingénieur responsable des travaux. Ils faisaient visiter le chantier au baron Davard qui, seigneur de Neubourg, payait sa part des dépenses de fortification. Avec le baron se trouvait son fils aîné, Luc-Alexandre, un garçon de vingt ans; Didier ne le reconnut que trop facilement.

Le fils du baron le reconnut aussi, car il ralentit pour dévisager Didier de loin. Un instant ils se toisèrent, le regard de Didier hostile, celui de Davard franchement haineux. L'été précédent ils s'étaient affrontés, au sujet d'une précieuse épée que Luc-Alexandre avait volée et que Didier, avec des amis, lui avait reprise par ruse pour la mettre définitivement hors de sa portée*. Luc-Alexandre n'avait pas de preuve, mais il lui avait été facile, à son retour de France ce printemps, de soupçonner Didier Bertin et son ami Guillaume Vignal. Toutefois il n'y pouvait rien car l'épée n'était pas à lui; cela augmentait d'autant sa rancoeur.

Didier, cependant, eut la prudence de ne pas afficher un air défiant ou ironique: il savait trop bien de quelle violence était capable le fils du baron sous le coup de la colère.

Luc-Alexandre détourna la tête, rejoignit son père et les militaires, puis ils disparurent à la vue de

---

*: Lire *L'épée Arhapal*, dans la même collection.

Didier. Le garçon s'était immobilisé, un peu saisi à la vue de son ennemi. Il le savait revenu en Nouvelle-France, l'ayant vu débarquer en juin au quai de Neubourg, mais il ne l'avait plus revu depuis. Il l'avait imaginé, cependant, arrivant à Granverger où les Davard avaient leur imposant manoir, descendant à la crypte sous le tombeau ancestral, et découvrant avec fureur que l'épée Arhapal avait été subtilisée. «Il a dû être malade de rage» avait souvent pensé Didier. Malade de rage, peut-être, mais il n'en était pas mort, et aujourd'hui il se trouvait à Neubourg, sûrement avec des idées de revanche.

Didier, qui avait l'intention de monter au fort pour découvrir quelle vue on avait de là-haut depuis qu'il n'y avait plus d'arbres, résolut d'attendre que les militaires et surtout les Davard en soient partis. Il s'assit sur une souche, au pied de la muraille, et se mit à inspecter son arbalète. L'arme avait été fabriquée et lui avait été offerte par son ami Charles Philanselme, le forgeron de St-Imnestre, pour le remercier d'avoir repris l'épée au fils du baron. Lorsqu'il en avait l'occasion, Didier allait chasser avec cette arbalète dans les bois au sud de la Michikouagook. Aujourd'hui, toutefois, il n'avait pas été chanceux, il soupçonnait un léger défaut qui gauchissait le tir de l'arbalète. Il arma le mécanisme, sans placer de carreau* dans l'encoche.

La journée était chaude, humide; le ciel était d'un blanc laiteux, avec une tache de lumière à l'en-

---

* *carreau*: flèche lancée par l'arbalète, avec une pointe en losange.

droit où le soleil se cachait derrière les nuages. La pente douce de la butte St-Imnestre, rasée de ses arbres et de ses broussailles, n'était qu'un chaos de terre hérissé de grosses racines. Un instant distrait de son occupation, Didier songea que, partout où les militaires s'installaient, ils saccageaient la nature avec une insouciance arrogante. Didier n'aimait guère les militaires et pourtant Guillaume Vignal, son meilleur ami, était soldat. Mais Guillaume, ce n'était pas pareil.

— Prends garde!

Le garçon tourna les yeux vers l'endroit d'où venait ce cri. À la lisière du bois il vit un homme qui, le bras tendu, montrait un point au-dessus de Didier. En même temps le garçon entendit derrière lui un bruit de frottement pierre contre pierre. Il se retourna brusquement en levant la tête, perçut un mouvement, bondit pour s'éloigner de la souche où il était assis. Une grosse pierre taillée tomba de la muraille, rebondit sur la terre bien tassée du glacis* et, à cause de la pente, retomba sur la souche où Didier était assis une seconde plus tôt.

Au sommet de la muraille, haute de deux mètres à cet endroit, quelques moellons* étaient empilés pour être cimentés le lendemain. C'est l'un d'eux qui était tombé, mais on avait dû l'aider: en se jetant de côté, Didier avait cru voir bouger derrière le tas de moellons.

---

glacis: terrain en pente qui s'étend devant une fortification.

moellon: pierre de construction.

8

«Davard!» songea-t-il immédiatement, et sa frayeur se changea en colère, devant une attaque si sournoise. En quelques enjambées il gagna la muraille, en un endroit où elle était moins haute, et lentement grimpa dessus. Il n'avait pas lâché son arbalète. Il prit un carreau et l'encocha, tout en cherchant son agresseur dans le chantier. L'espace était encombré de palans, de tas de sable et d'auges pour le mortier, de piles de planches pour les échafaudages. Un mouvement attira son attention vers l'auvent de toile surplombant la table de l'architecte: le rabat retombait sur le devant. Quelqu'un venait de se glisser sous la tente, caché à Didier par l'étoffe. Encore sous le coup de la colère, sans penser à son acte, le garçon lâcha la flèche de son arbalète. Elle perça la toile. Un cri de douleur éclata dans la tente, dont l'armature fut secouée.

Didier réalisa qu'il venait peut-être de tuer l'héritier du baron de Neubourg et Granverger. Son premier réflexe fut de jeter l'arbalète, qui tomba au pied de la muraille. Un long moment il fixa la tente, trop accablé pour bouger. «Je viens de tuer un homme! Je viens de tuer un homme!» se répétait-il, consterné. Et il n'osait aller sous la tente, voir si sa victime était bien morte.

Rien ne bougeait, le chantier était désert, Didier ne voyait pas le baron ni les militaires, qui avaient dû redescendre vers le hameau. Sous le ciel blafard, le temps semblait arrêté.

Didier finit par se décider. Douloureusement tendu, il marcha vers la tente, et sa main hésita un instant sur le rabat avant de le soulever.

9

Il n'y avait personne sous l'auvent de toile.

La table et l'escabeau de l'architecte étaient renversés. L'agresseur avait dû fuir en soulevant la toile à l'arrière: un peu de sang maculait l'étoffe bleue et, allant y toucher, Didier le trouva frais.

Soulagé au-delà de toute expression, il souleva la toile à son tour. Le champ de vision ainsi découvert lui parut désert: personne en vue. Le fuyard avait dû s'éloigner en hâte, caché par la tente.

«Il est parti en courant, songea Didier, et n'a pas laissé de sang sur le sol: il ne doit pas être gravement blessé.» De plus, un trou dans la toile de derrière indiquait que le carreau d'arbalète était sorti de la tente après l'avoir traversée: il ne s'était donc pas logé dans le corps du fuyard.

Didier se demanda s'il devait le poursuivre, ou plutôt disparaître lui-même. Blesser à l'arbalète un noble, le fils du baron, était crime grave. Didier risquait sérieusement la peine de mort, ou du moins le carcan* et le fouet.

Peut-être que, si Didier se tenait tranquille, Luc-Alexandre Davard ne donnerait pas suite à l'affaire: après tout, c'est lui qui avait ouvert les hostilités, et il savait que Didier ne se priverait pas de l'accuser s'il y avait procès. Oui, le mieux à faire était peut-être de rentrer chez soi, après s'être départi de l'arbalète par précaution — par exemple en la por-

---

carcan: appareil où le condamné était attaché par le cou et les poignets pour être châtié publiquement.

tant chez le forgeron pour qu'il la répare et en la laissant là un bon bout de temps.

Et puis, était-ce bien Luc-Alexandre Davard qui avait fait basculer la pierre taillée?

En retournant à la muraille, Didier repensa à l'homme qui avait crié pour le prévenir du danger. Qui était-il, celui-là? Pas quelqu'un de St-Imnestre: ce n'était qu'un hameau de quelques foyers, et Didier y connaissait tout le monde. À Neubourg aussi il connaissait tous les citoyens, au moins de vue: c'était une modeste ville de six cents habitants. Alors? Un ouvrier du chantier? Très peu n'étaient pas de la région. Un soldat en congé? Là encore il en connaissait la plupart. Un marin, de passage à Neubourg, et venu se promener dans le bois? C'était peu vraisemblable et, du reste, ce jour-là il n'y avait aucun vaisseau dans le port, deux navires ayant levé l'ancre la veille.

Didier se persuada que c'était un étranger à Neubourg. Et ce n'était pas un Amérindien, il était hâlé mais n'avait pas le teint cuivré et les cheveux droits des indigènes. Didier l'avait vu si brièvement qu'il ne se rappelait pas comment l'homme était habillé: à l'indienne ou à l'européenne? Ce n'était typiquement ni l'une ni l'autre; peut-être un mélange des deux façons.

L'homme n'était plus là.

Didier sauta hors du fortin et récupéra son arbalète. À l'orée du bois, personne; comme si l'incident ne s'était jamais produit. Et pourtant la pierre tombée s'y trouvait bien, devant la souche et, s'il n'avait été prévenu, Didier aurait encore été là, face contre terre, le dos brisé, peut-être même mort. Cet inconnu lui avait sauvé la vie, et Didier ne savait où le trouver pour le remercier.

Il descendit la pente au pas de course, bien décidé à retrouver la trace de son sauveur.

Et si c'était un Anglais? Un espion venu des colonies rivales, qui rôdait dans la région pour évaluer les défenses de Neubourg? Il avait un accent, au point que Didier avait difficilement saisi les termes de son avertissement.

Ou peut-être tout simplement était-ce un coureur de bois, étranger à la région.

Le garçon chercha en vain des traces de l'inconnu. Sans indice de la direction qu'il avait prise, il était inutile de se lancer à sa poursuite dans la forêt: l'homme avait trop d'avance.

Didier se mit en route vers le hameau de St-Imnestre, espérant que, depuis leur visite au chantier du fortin, les Davard avaient eu le temps de rentrer à Neubourg.

Il se rendit chez Charles Philanselme, le forgeron, et lui demanda d'examiner son arbalète lorsqu'il aurait le temps. Philanselme repéra tout de suite le défaut, mais Didier l'assura que rien ne pressait, qu'il ne devait pas retarder son souper pour si peu. Il ne lui raconta pas pourquoi il préférait rentrer à Neubourg sans arbalète.

Le père de Charles, le vieux Louis Philanselme, était chez son fils. D'humeur bavarde, il raconta que le baron était venu visiter le chantier avec le commandant de la garnison.

— Son serpent de fils était avec lui, j'ai vu qu'il regardait la forge d'un regard mauvais.

Charles ricana:

— Avant qu'il ne remette la main sur l'Épée, ce scélérat, il va couler bien de l'eau sous le pont de St-Imnestre.

Le vieux Louis reprit la parole:

— Lorsqu'ils sont redescendus, le fils était blessé au bras. Une vilaine estafilade, selon Louison qui l'a vu de près. Il expliquait à son père qu'il avait trébuché et était tombé sur un fer de pelle. Alors le baron a reproché à De La Croix que son chantier était mal tenu. Garreau a aussitôt pris le parti de son ingénieur: pour sûr il n'aime pas le fils Davard, oh, pas du tout!

«Bon, Luc-Alexandre n'en parlera pas, songea Didier. Et moi non plus.» Car le garçon n'avait pas de preuve de l'identité de son agresseur, il ne l'avait à aucun moment vu clairement. De toute façon ç'eût été le seul témoignage d'un garçon du peuple contre la parole d'un noble: l'accusation n'aurait pas tenu.

Mais l'inconnu à la lisière du bois, est-ce que Didier devait en parler? Si c'était un espion anglais préparant une invasion par la Paskédiac, ne devait-il pas prévenir ses concitoyens?

Il décida d'en parler, mais sans mentionner son rôle dans l'aventure de cet après-midi: il avait simplement aperçu un inconnu dans le bois derrière la butte de St-Imnestre.

Ses aînés se montrèrent intéressés, même intrigués par la nouvelle, mais ils ne semblèrent pas croire qu'un espion se soit aventuré aussi loin que Neubourg, seul, à pied, depuis la Nouvelle-Angleterre.

L'affaire en resta là et Didier rentra chez lui.

* * *

D'où Guillaume et Didier étaient assis, on voyait très bien que le rocher dominant Neubourg méritait son nom: Cap-au-Loup. Vers le sommet de la falaise, une saillie du roc imitait parfaitement le profil d'une tête de loup, penchée vers le fleuve comme pour guetter une proie sur la grève.

Didier et son ami, de trois ans plus vieux, étaient perchés sur le bord de la falaise, contemplant la rive nord du fleuve, ses monts découpés en vert sombre sur un ciel devenu limpide. En rentrant souper, Didier avait trouvé chez lui Guillaume, son frère adoptif. Après le repas ils étaient allés bavarder, comme ils en avaient rarement l'occasion. Leur promenade les avait menés là où ils étaient maintenant assis, l'aîné écoutant son compagnon lui raconter son aventure de l'après-midi.

— Je me demande si nous trouverons un jour moyen de l'arrêter, fit Guillaume.

— Je ne sais pas: il est plus que malfaisant, il s'est voué au Mal. Comme son ancêtre le sorcier.

— Les sorciers, on les envoie au bûcher. À Salem, près de Boston, il paraît qu'on a brûlé des sorcières encore l'an dernier.

Une telle idée faisait horreur à Didier: après tout, il avait fréquenté l'école avec Luc-Alexandre Davard. Il changea le sujet de conversation.

— Alors, tu repars déjà demain matin?

— À l'aube. Mais je ne me plains pas d'être courrier cet été: c'est autant d'occasions de m'éloigner de Granverger.

Le petit fort de Granverger, perdu dans la forêt avec pour tout voisinage un hameau de quelques foyers, n'était certes pas le séjour le plus réjouissant de Nouvelle-France.

— Si jamais j'ai un fils et qu'il veut lui aussi faire le métier des armes, continua Guillaume, je lui dirai de se faire archer*. Il aura des chances de rester à Neubourg, au moins.

Un grand trois-mâts remontait le fleuve, profitant de la marée; le soleil couchant enflammait ses voiles d'or et d'orangé.

— Je vais à Chandeleur avec papa la semaine prochaine, annonça Didier. Si nous restons assez

---

*archer: agent de police, sous l'Ancien Régime.

longtemps, peut-être que j'aurai l'occasion d'aller te voir à Granverger.

— Ça me ferait le plus grand bien.

Lorsqu'enfin ils se levèrent pour rentrer, la lune était levée; le loup de roc resta seul à contempler de son regard sévère la marée montante.

2

Embuscade dans la forêt

L'après-midi tirait à sa fin mais déjà on se serait cru au crépuscule, tant les nuages étaient sombres. Didier aurait bien voulu fouetter les chevaux pour qu'on arrive à Chandeleur avant l'orage, mais son père, placide, disait:

— Un peu de pluie ne nous fera pas fondre! La pluie d'été est tiède; ça nous lavera.

En fait, Luc Bertin voulait surtout ménager ses vieilles juments qui, après avoir tiré la charrette depuis Neubourg, un voyage de plus de cinq lieues, n'étaient pas en mesure de fournir un dernier galop. C'eût été leur mort, et alors comment monsieur Bertin et son fils seraient-ils rentrés à Neubourg?

Luc Bertin, sexagénaire encore alerte sinon fringant, se promettait depuis longtemps ce petit voyage. Il allait rendre visite à sa soeur Antonine, mariée à un Dubuque. Chandeleur n'était même pas un hameau: deux familles de cultivateurs, dont les Dubuque, faisaient vivre le passeur* et l'aubergiste

*passeur: personne qui conduit un bac, un bateau, pour traverser un cours d'eau.

17

responsable du relais de poste*. Une vingtaine de personnes en tout, établies sur la rive ouest de la Paskédiac, là où la route changeait de rive.

Didier se faisait une fête de cet événement. Il ne rencontrait que rarement ses cousines; il avait surtout hâte de revoir Rébecca. Sa dernière visite à Chandeleur remontait à un an, et encore, il n'avait fait que passer. Après cet été, qui sait quand il aurait à nouveau des vacances pour faire ce genre de petit voyage? À dix-sept ans, il avait fréquenté l'école cette année pour la dernière fois, et encore était-il privilégié. Dès le mois de septembre il allait entrer comme domestique au service de maître Sambleu, jeune notaire fraîchement débarqué à Neubourg.

— Tout ce chemin que nous venons de parcourir, fit Luc Bertin, je l'avais fait à pied quand j'avais ton âge.

— De Neubourg à Chandeleur?

— Non, en sens inverse. Le capitaine Davard, le père du baron actuel, m'avait emmené de force à bord de son vaisseau. On avait jeté l'ancre au confluent de la Kénistchouane, justement en face de la butte qui s'appelle aujourd'hui «Butte-au-Corsaire». J'avais fui à la nage, durant la nuit, et le lendemain j'étais rentré vers Neubourg à travers bois*.

---

poste: service d'acheminement des messages (en particulier ceux de l'armée et du gouvernement) par courrier à cheval.

* Lire *Le trésor du «Scorpion»*, dans la même collection.

— Il n'y avait pas de route, à l'époque?

— Non, pas de route, pas de bac à Chandeleur, et Granverger ne méritait pas encore le nom de hameau. Tout le pays n'était que des bois, des bois et encore des bois.

Didier tourna la tête vers la forêt à sa droite, sombre, dense, intouchée depuis sa naissance des millénaires plus tôt. Il essaya d'imaginer l'époque où aucun blanc n'avait mis les pieds en ce pays, où la forêt se rendait jusqu'aux berges du St-Laurent. Maintenant, presque toute la rive sud était en concessions, depuis le Saut St-Louis jusqu'à la Rivière Ouelle, et le défrichement avait transformé le visage du pays.

— Lorsque vous êtes arrivé au pays, demanda Didier, vous étiez parmi les premiers?

— Les premiers à Neubourg, oui; c'était en 32, l'année où Champlain est venu reprendre Québec aux Anglais. Mais Québec elle-même datait déjà d'un quart de siècle à ce moment.

— Et avant, les Indiens étaient les seuls à habiter ici.

— Les seuls, oui. Depuis le début des temps, peut-être, alors que nous autres Chrétiens sommes installés depuis moins d'un siècle.

Les vieux pays étaient-ils si loin, songea Didier, que tant de royaumes illustres, tant de puissantes cités et de grands ports, que tous ces gens et tous ces navires n'aient su trouver le chemin de l'Amérique plus tôt?

— Il y a une légende, pourtant… reprit monsieur Bertin en frottant son crâne dégarni. C'est quelque chose que racontait Jean-Loup Carignan.

— Il en racontait beaucoup, n'est-ce pas? fit Didier en souriant, habitué à entendre son père parler du fameux coureur de bois et de ses racontars.

— Celle-là, il la tenait des Abénaquis d'Aïténastad, les vieux, ceux qui habitaient là avant le déclin de leur bourgade. Ils parlaient d'une cité fabuleuse, vieille comme le monde, à l'ouest de la Paskédiac, au plus profond de la forêt. Une ville avec son château et son église en pierre, comme les Français en bâtissent. Mais construite bien avant l'arrivée des Français, bien plus ancienne que ça.

— Mais ce n'étaient pas des blancs?

— Si, des blancs, venus d'outre-Atlantique comme nous. Pâles, avec des cheveux noirs comme le corbeau. On pouvait encore en rencontrer si on s'aventurait loin dans la forêt…

— Mais où exactement?

— C'est ce que Jean-Loup n'avait pu savoir. Ou bien les vieux Abénaquis ne s'en souvenaient plus, ou bien ils ne voulaient pas le lui dire. Jean-Loup était convaincu qu'ils savaient mais qu'ils protégeaient le secret, comme s'ils avaient promis de ne jamais le révéler.

— Et lui, il ne l'avait pas vue, cette fameuse cité? Pourtant, il a tant couru les bois…

— Il connaissait plutôt le pays derrière Québec: c'est là qu'il était né. Mais il se promettait bien de découvrir un jour Tirnewidd — c'était le nom de cette cité.

— Peut-être bien qu'il l'a trouvée? Peut-être qu'il a décidé d'y rester, et c'est pour ça qu'on ne l'a plus revu?

— Dieu sait ce qui lui est arrivé, répondit monsieur Bertin sur un ton songeur. Les dernières années qu'on l'a vu, il n'en parlait plus. Et quand on le questionnait là-dessus, il disait que c'étaient seulement des sornettes après tout, des mensonges que les vieux d'Aïténastad racontaient pour se rendre intéressants.

— Et vous, vous y croyez, à cette cité secrète?

Monsieur Bertin fit une mimique traduisant son hésitation:

— Qui sait? Ce pays est si vaste. Quand pourrons-nous dire que nous le connaissons en entier?

À nouveau Didier scruta la forêt vers sa droite. «À l'ouest de la Paskédiac», racontait Carignan. Était-ce là, derrière ces arbres, derrière des lieues et des lieues d'arbres centenaires, dans les contreforts inexplorés des Appalaches? Déjà son imagination courait, il voyait dressé sur une colline un de ces châteaux-forts qui jalonnaient les vieux pays et dont on lui avait montré les images dans des livres. Il songeait aux cités fabuleuses que les Espagnols avaient trouvées sur leur chemin en conquérant le Mexique, le Pérou, les capitales de royaumes et d'empires prodigieusement riches. Cela, Didier le tenait de livres que lui avait montrés maître Duruflé, un peintre français, un homme cultivé qui avait séjourné à Neubourg l'année précédente. Se pouvait-il que la même chose existât ici, à cinq ou dix lieues de Neubourg, et qu'on n'en ait rien su, que nul ne l'ait vue sauf quelques vieux Indiens interrogés un demi-siècle plus tôt par un coureur de bois?

— Jean-Loup racontait une autre légende, encore à propos de la forêt derrière Chandeleur. C'est la dernière que je me rappelle de lui, il a commencé à en parler les dernières années avant sa disparition. Il parlait d'un très vieil homme, un blanc, qui vivait seul dans le bois depuis des siècles. Prêtre d'un culte païen, disait-il, un culte sanguinaire: lorsque des gens s'aventuraient dans la forêt, des jeunes gens surtout, il les capturait pour les immoler sur un autel de pierre, les nuits de pleine lune.

— Comme le sorcier Davard.

— Mais il ne disait pas que c'était un sorcier. Plutôt un mage, un prêtre d'une religion vieille comme le monde, qu'il était seul à perpétuer. Il sacrifiait ses victimes avec une serpe* et leur arrachait le coeur.

Didier frissonna.

— Et il vivrait encore, ce vieil homme?

---

serpe: outil formé d'une large lame recourbée en forme de croissant, avec un manche court, servant aux jardiniers, aux bûcherons.

— Jean-Loup le disait immortel et que, tant que la forêt existerait, elle serait dangereuse à cause de lui.

Malgré ce qu'il avait dit tout à l'heure, Didier ne prenait pas à la légère toutes ces légendes: il savait qu'elles étaient parfois fondées sur la réalité. Un soir de l'été précédent, il avait entendu la légende du hibou qui était le démon familier du sorcier Davard. Et, peu après, Guillaume et Didier s'étaient trouvés mêlés à une aventure où ce grand-duc s'était comporté bien plus comme un être diabolique que comme un simple oiseau.

— Il s'appelait vraiment Jean-Loup, demanda le garçon, ou c'était un surnom qu'on lui avait donné?

— C'était son vrai prénom: le loup était le totem* de la famille de sa mère, une Montagnaise. Les dernières années où on l'a vu, il avait recueilli et élevé un louveteau qui, devenu adulte, l'accompagnait tout le temps. Ton oncle Louis raconte même que, si Carignan a disparu, c'est qu'il a quitté les hommes pour se joindre aux loups, et que peut-être il est lui-même devenu un loup, petit à petit. Après tout, il avait vécu un peu comme eux: indépendant, aventurier, toujours à courir la forêt et à chasser.

Celle-là était quand même un peu grosse pour que Didier y croie facilement. Bien sûr, le vieux Louis avait eu raison au sujet du hibou, démon

---

totem: animal considéré comme l'ancêtre et le protecteur d'un clan.

familier du sorcier Davard. Mais un homme devenant loup...

Pourquoi pas, après tout? Mais alors, cela s'appelait un loup-garou.

Une nouvelle courbe ramena à la route l'attention du garçon. S'éloignant de la berge de la Paskédiac, le chemin contournait une crique aux eaux dormantes, puis franchissait un ruisseau qui se jetait dans cette crique. Le ponceau de bois grinça sous les roues de la charrette.

La route était comme un tunnel dans la forêt, sous une voûte vert sombre, dans une pénombre crépusculaire. Hormis le bruit étouffé des sabots et le grincement de l'essieu, il régnait dans le bois un silence impressionnant, annonciateur d'orage.

C'est dans ce calme que retentit un craquement sonore, juste après un nouveau détour de la route. Didier et son père tournèrent la tête en même temps vers la gauche et virent avec effroi un arbre vaciller au bord de la route. Le grand fût, droit et mince, parut hésiter une seconde, ses hautes branches retenues par celles de ses voisins; Didier eut le temps de cingler les chevaux. Mais c'était trop tard: au moment où les bêtes se lançaient au galop, l'arbre s'abattait. Instinctivement Didier et son père rentrèrent la tête dans les épaules, se penchèrent et se protégèrent de leurs bras. Une branche se cassa sur la charrette, son moignon défonça le plancher, le tronc lui-même écrasa l'arrière du véhicule et l'immobilisa dans son élan. Une autre branche, moins massive, heurta les passagers dans le dos, mais le poids de l'arbre avait été reçu par la charrette.

Fouettés par les rameaux, submergés par le feuillage, Didier et son père se jetèrent — ou furent jetés — sur le chemin, à droite des chevaux. Au même instant un coup de feu éclatait; monsieur Bertin, de sa main droite, sentit très bien l'impact d'une balle sur la banquette et reçut des éclats de bois. Les chevaux, qu'aucune branche n'avait touchés, se cabrèrent dans leurs brancards.

— Cours! lança Bertin à son fils en étouffant sa voix.

S'égratignant aux branches, ils se frayèrent un chemin dans le feuillage, qui leur fournissait un abri sommaire. Une autre détonation retentit, et les feuilles furent hachées tout près de Didier.

Ils s'enfoncèrent dans le sous-bois et détalèrent dès que leurs jambes se furent dépêtrées du feuillage de l'arbre tombé.

L'adolescent aurait pu distancer n'importe quel poursuivant mais son père, à soixante et un ans, était incapable d'en faire autant. Didier régla donc son allure sur la sienne, ce qui lui laissait le loisir de regarder derrière, vers la route.

Les chevaux n'avaient pas bougé, incapables de faire avancer la charrette coincée par l'arbre. Plus loin, le garçon ne distinguait rien. À aucun moment il n'avait entrevu le ou les assaillants; au mieux pouvait-il les situer au sommet d'une grosse roche du côté de la route, à mi-chemin du bord de la rivière. Mais ce qu'il avait bien vu, quoique très brièvement, c'était la corde enroulée au milieu du tronc, une corde qu'on avait coupée au passage des voyageurs pour que l'arbre tombe. Auparavant le tronc avait dû être entaillé de façon à ce qu'il soit prêt à tomber; monsieur Bertin confirma plus tard avoir vu la trace des coups de hache.

Il n'y eut pas d'autre coup de feu, ce qui donna à penser à Didier que les assaillants n'étaient pas nombreux, peut-être deux, avec chacun un mousquet. Ils ne firent pas mine de poursuivre leurs victimes et, bientôt, monsieur Bertin fit signe à son fils de ralentir.

La route n'était plus visible d'où ils étaient.

— Qu'est-ce qu'on fait? demanda l'adolescent.

— On ne peut pas retourner à la route: les brigands n'auront rien trouvé de valeur dans la charrette, ils vont peut-être nous attendre en pensant que nous avons de l'or.

— Des brigands?!

— Que crois-tu qu'ils soient? Préparer une embuscade sur un chemin, attaquer des voyageurs, cela s'appelle du brigandage. C'était fréquent autrefois dans les vieux pays, mon père m'en parlait.

— Mais la région est déserte!

— Justement, ils ont toute la forêt pour se cacher et n'ont pas à craindre les archers.

— Je veux dire: il ne passe pratiquement personne sur cette route. Ces bandits pourraient guetter des journées entières sans voir un seul voyageur. Et puis, on en aurait entendu parler, s'il y avait des brigands dans la région.

— Peut-être que la bande s'est formée depuis peu. Cet inconnu que tu as aperçu près de St-Imnestre l'autre jour...

— La *bande*? Ils n'étaient peut-être que deux!

— En tout cas, il n'y a pas de chance à prendre: ce sont des assassins. Te rends-tu compte que nous pourrions tous les deux être morts, à l'heure qu'il est?

Didier s'en rendait parfaitement compte: il avait senti une balle siffler à son oreille.

Indiquant à son fils un changement de direction, monsieur Bertin déclara:

— Nous allons gagner Chandeleur par les bois, en restant à cette distance de la route. Nous reviendrons avec du renfort chercher la charrette.

— Vous êtes sûr que nous ne nous perdrons pas?

— Nous sommes presque rendus. Nous ne pouvons être à plus de quelques arpents du hameau: nous avons passé le dernier méandre de la rivière avant Chandeleur.

Didier n'en était pas aussi certain, et il trouvait fort imprudent d'entreprendre ainsi une marche en forêt alors que l'après-midi tirait à sa fin. Le garçon trouvait exagérées les craintes de son père quant aux brigands. Il est vrai que Didier avait une tout autre hypothèse au sujet de leurs agresseurs. Un nom lui était venu immédiatement, celui de Luc-Alexandre Davard. «J'ai eu tort de ne pas me méfier, songeait-il, il est homme à vouloir se venger à tout prix. Il a manqué son coup l'autre jour au chantier du fort, alors il s'est essayé aujourd'hui.»

Mais comment Davard avait-il su que les Bertin prenaient aujourd'hui la route de Granverger? Fallait-il supposer qu'il surveillait Didier, systématiquement? Une telle embuscade avait dû être préparée des heures à l'avance.

Si c'était Davard, il était plus prudent de ne pas retourner à la charrette. Le fils du baron était de ceux qui ne renoncent pas facilement et il pouvait fort bien attendre que les Bertin reviennent à leur voiture, ou patrouiller la route en espérant les attraper plus loin.

Entre temps, Didier et son père risquaient de se faire surprendre par l'orage en pleine forêt, ou pire, de s'égarer tout à fait. Bien sûr ils savaient qu'ils devaient marcher vers le sud, donc en ayant face à eux le côté moussu des troncs d'arbres — quand il s'en trouvait de moussus. Mais c'était bien vague comme orientation, et Chandeleur était si petit — quatre ou cinq maisons et quelques champs — qu'on pouvait passer derrière sans le voir.

En l'absence de sentier, la marche n'était guère aisée. Le sous-bois était dense, il fallait constamment écarter arbrisseaux, fougères ou jeunes pous-

28

ses d'arbres; leurs feuilles formaient au-dessus du sol, à hauteur de taille, un dais presque continu, d'un vert intense malgré la pénombre.

Didier s'inquiétait surtout pour son père qui, croyait-il, avait passé l'âge de pareilles excursions. En quoi il se trompait: le bonhomme, endurci par cinquante ans de travaux aux champs, aurait pu marcher de Neubourg à Chandeleur — tranquillement, il est vrai.

La légende du vieil homme qui hantait la forêt derrière Chandeleur revint à la mémoire du garçon. Selon Carignan c'était dans ces bois, ici même, que ce mage redoutable capturait les voyageurs égarés pour les immoler sous la lune. Didier songeait: «Qu'est-ce qu'elle a, cette forêt, pour réveiller les instincts les plus sanguinaires de l'homme? Il y a cinquante ans c'est Davard et les sorciers indiens qui sacrifiaient des enfants dans leurs cavernes. Puis il y aurait ce vieux mage...»

Mais on n'avait jamais rapporté de disparitions aux environs de Chandeleur. «Des Indiens, peut-être, pensa le garçon. Oui, c'est probablement une légende indienne, que Carignan racontait là.»

Légende ou pas, Didier scrutait la forêt avec attention, prêt à défendre sa vie si un vieil homme avec une serpe venait à surgir de derrière un arbre.

3

Égarés

En hâte, les deux agresseurs avaient rechargé leur mousquet. Mais cela prenait un moment: verser la poudre par le canon, la tasser, placer la balle. Lorsqu'il furent en mesure d'épauler à nouveau, Didier Bertin et son père étaient déjà en fuite.

— Poursuivons-les! lança celui des deux qui semblait être le chef. Le vieux ne pourra courir bien longtemps.

Mais en passant le long de l'arbre abattu, l'homme songea qu'il fallait faire disparaître la preuve la plus évidente de l'embuscade. Il désigna la corde nouée autour du tronc, et dont un bout pendait sur le chemin:

— Coupe cette corde, et lance-la à la rivière comme l'autre bout.

Cela prit encore un moment. Le chef, masqué comme son complice, songea à se lancer immédiatement à la poursuite des Bertin sans attendre son comparse.

Mais à ce moment, il entendit le bruit d'un galop sur la route venant de Chandeleur.

— Enfer! jura-t-il.

Et, enjambant le tronc d'un saut agile:

— Dépêche-toi!

Il alla chercher leurs propres chevaux, attachés sur la rive, hors de vue de la route, et les amena derrière l'obstacle constitué par l'arbre tombé et la charrette.

Le complice en avait fini avec la corde et avait repris son mousquet. Ils montèrent en selle. Là-bas, le galop était de plus en plus proche.

— À chaque fois que je suis sur le point de l'avoir, ce satané Bertin, il survient quelque chose ou quelqu'un pour le sauver!

Et, ayant placé son mousquet dans les fontes de sa selle, il éperonna son cheval, imité par son complice. Ils partirent au galop en direction de Neubourg et disparurent dans la courbe du chemin au moment où l'autre cavalier, un militaire, arrivait en vue de l'arbre tombé.

C'était Guillaume Vignal, de la garnison de Granverger. Cet été, c'est lui qui servait d'estafette. Dès qu'il vit l'arbre tombé, et personne autour de la charrette, il crut que le ou les passagers avaient été écrasés par les branches. Ensuite seulement il reconnut les juments de monsieur Bertin, son père adoptif. Et il se rappela que lui et Didier devaient venir à Chandeleur cette semaine. Il sauta de sa monture et, sans même prendre le temps d'attacher sa longe, s'élança vers la charrette en criant leur nom.

Avec des gestes brusques, presque affolés, il écarta le feuillage, cassa des branches, redoutant de trouver les corps écrasés de son ami et de son père adoptif. Mais ils n'y étaient point, il ne vit pas une goutte de sang.

Que s'était-il donc passé? Il appela de nouveau, en direction de la rivière, puis en direction de la forêt. Il n'eut pas de réponse car Didier et son père étaient déjà rendus assez loin; de plus, leur course s'accompagnant de bruits inévitables, ils ne pouvaient entendre ce qu'ils auraient entendu en restant immobiles et silencieux.

«Pourtant, songea-t-il, ça vient d'arriver: les chevaux sont encore agités. Si papa et Didier avaient continué à pied vers Chandeleur, je les aurais croisés.» Il appela à nouveau, criant aussi fort qu'il le pouvait.

La seule explication était que Didier et son père avaient pris un raccourci à travers la forêt. Mais c'eut été une décision absurde: il n'y avait pas de sentier à proximité, on risquait plus de s'égarer dans le bois que de gagner du temps. Malgré la dernière courbe que faisait la route avant Chandeleur, on y allait plus vite qu'en se frayant un chemin dans le sous-bois.

Cette hypothèse était si peu satisfaisante que Guillaume songea à se lancer à leur recherche dans la forêt. Peut-être l'un ou l'autre était-il blessé; un membre fracturé ne saigne pas nécessairement. Peut-être étaient-ils là tout près, dans le bois, tous deux blessés et incapables de le rejoindre.

Mais Guillaume avait retrouvé un peu de calme, et le sens de son devoir lui revenait: il portait un message de la plus haute urgence pour le commandant de la garnison de Neubourg. Alliés des Français, les Abénaquis d'Assiribiak, une bourgade proche de Granverger, avaient aperçu plus au sud dans les montagnes le campement d'un parti d'Anglais. Tout laissait croire que ces hommes armés préparaient une invasion ou du moins une attaque surprise contre le hameau de Granverger, comme les Français et les Abénaquis avaient attaqué trois ans plus tôt des villages de la Nouvelle-Angleterre situés plus au sud.

La petite garnison de Granverger avait donc besoin de renforts, ce pouvait être une question d'heures. La vie de tous les habitants de Granverger était menacée, parmi lesquels des amis. Et même s'il ne s'était agi de ces amis, le jeune militaire avait le devoir de livrer cette dépêche au commandant de Neubourg.

Il pouvait seulement souhaiter que Didier et son père soient sains et saufs, et que la raison de leur absence ne soit pas grave.

Heureusement, son propre cheval ne s'était pas éloigné. Il remonta en selle, lui fit prendre une distance suffisante de l'obstacle pour qu'il puisse le franchir d'un saut. Il le cingla.

Le cheval franchit l'obstacle de justesse.

Mais, au passage, Guillaume remarqua la base du tronc, entaillée à la hache. Il tira sur les rênes, fit faire demi-tour au cheval.

Pas d'erreur: la chute de l'arbre avait été provoquée. Et Guillaume se rappela avoir cru entendre des coups de feu pendant qu'il galopait, tout à l'heure. L'idée d'embuscade lui vint comme une gifle, et à nouveau il cria:

— Didier! Père!

Cette fois encore, nul ne répondit à ses appels. Il vint près de redescendre de cheval, de s'enfoncer dans la forêt à la recherche des disparus. Comment savoir s'ils n'avaient pas été poursuivis par les auteurs de l'embuscade; si, en ce moment même, ils n'étaient pas rattrapés et abattus? Pouvait-il les abandonner, repartir en les sachant menacés de mort si près de lui?

Mais d'autres vies étaient en péril, plus nombreuses: on était en guerre et une responsabilité cruciale lui avait été confiée. Un moment il se sentit presque physiquement étouffé, ses yeux se mouillèrent tandis qu'il scrutait avec désespoir le mur sombre de la forêt.

Puis, avec un sanglot qui traduisait sa rage impuissante, il tourna bride et cingla son cheval.

* * *

Didier et son père marchaient depuis longtemps, maintenant, et la pluie ne tombait toujours pas. La pénombre dans la forêt restait constante, un monde d'arbres sombres et de vert profond, de racines noueuses et de roches anguleuses émergeant de l'humus.

Didier songeait qu'ils étaient peut-être les premiers hommes à marcher dans cette région de la forêt: les Abénaquis, s'ils l'avaient fréquentée, y auraient tracé des sentes. L'idée le fascinait et, la crainte des brigands estompée, il passa une heure insouciante à jouir de la beauté sauvage des bois et à respirer les parfums de la forêt.

Le soir ne venait toujours pas: peut-être, à cause du temps sombre, avaient-ils cru la journée plus avancée qu'elle ne l'était réellement. Mais Chandeleur non plus n'apparaissait toujours pas. Et maintenant, le garçon s'en rendait compte, son père commençait à s'inquiéter vraiment, même s'il n'en disait rien. Chandeleur était-il plus loin que ne l'avait cru monsieur Bertin?

L'homme décida d'obliquer vers la gauche en pensant que leur trajet, jusque-là, n'avait peut-être pas été parallèle à la rivière et à la route, mais les en avait éloignés graduellement. Cela signifiait peut-être que Chandeleur était déjà dépassé.

— Nous le saurons facilement: si nous rejoignons la Paskédiac sans avoir traversé la route, c'est que nous aurons dépassé Chandeleur. Nous n'aurons qu'à revenir le long de la rivière.

Après le passage de Chandeleur, en effet, la route continuait sur l'autre rive de la Paskédiac.

Tout ce qu'espérait Didier, c'est qu'on finirait par l'atteindre, la rivière.

Et la marche continua, fatigante parce qu'il n'y avait pas de sentier. En plus, le terrain montait graduellement, bien qu'en pente très douce. On approchait des collines qui, dans la région de Chandeleur, constituent les contreforts des Appalaches.

Didier, maintenant, n'était pas loin de trouver la forêt hostile. Il devenait de plus en plus évident qu'ils étaient perdus. Sans vivres, sans armes, sans vestes, sans fanaux, à l'approche du soir qui finirait bien par tomber. Mais peut-être la pluie allait-elle tomber la première: Didier et son père entendirent le tonnerre gronder au loin.

Malgré leur fatigue, ils pressèrent le pas.

À ce rythme, monsieur Bertin finit par s'essouffler: avec l'âge, il avait pris un peu d'embonpoint.

À nouveau le tonnerre gronda au loin.

— Arrêtons-nous un instant, souffla l'homme.

Il s'assit lourdement sur un tronc d'arbre. Didier, lui, y grimpa dans l'espoir de voir plus loin.

— J'ai dû me tromper, admit Luc Bertin. La Paskédiac doit faire un dernier méandre après l'endroit où nous avons été attaqués. Ça signifie que la rivière s'est éloignée de nous alors que nous croyions marcher dans le même sens qu'elle...

Il prit une profonde respiration, puis poursuivit:

— ...et que nous avons facilement dépassé Chandeleur, qui était très loin sur notre gauche. Alors il nous faut tourner carrément à gauche si nous voulons retrouver la rivière.

— Peut-être pas, répliqua Didier.

Et, sautant de l'arbre tombé, il s'élança en direction d'une tranchée qu'il avait cru distinguer dans le sous-bois. Quelques foulées le menèrent à une sente dont la direction était presque parallèle à celle qu'eux suivaient depuis une heure. À peine tracée, on pouvait passer à côté sans la voir.

— Suivons ce sentier un bout de temps, lança Didier en se retournant vers son père, nous irons bien plus vite. Et s'il ne paraît pas mener à la rivière, nous pourrons toujours le laisser.

Son père le rejoignit.

— Mais je te dis qu'il faut tourner à gauche pour retrouver la rivière! Ce sentier ne nous en rapprochera sûrement pas.

— Quelques perches* seulement, juste pour voir s'il garde cette direction.

Prenant pour consolation le fait de n'avoir plus à se frayer un chemin dans le sous-bois, monsieur Bertin céda. «Après tout, songea-t-il, mes sug-

---

perche: ancienne mesure de longueur valant six mètres.

gestions à moi n'ont pas été très brillantes jusqu'ici.»

* * *

Les deux hommes qui avaient tendu l'embuscade étaient peu à peu rattrapés par Guillaume. Leurs chevaux ce jour-là avaient galopé depuis Neubourg et, bien qu'ils aient eu le temps de se reposer ensuite, ils n'étaient pas aussi frais que celui de Guillaume, parti récemment de la poste de Chandeleur.

Souvent, l'un ou l'autre des malfaiteurs tournait la tête pour voir si le cavalier qu'ils avaient entendu tout à l'heure avait dépassé l'arbre abattu et continué sa route.

— C'est un soldat! lança soudain un des hommes, qui venait d'apercevoir Guillaume juste avant de s'engager dans une courbe.

L'autre, le chef, regarda aussi.

— Un courrier! Il va finir par nous dépasser.

Maintenant ils n'étaient plus en vue du militaire.

— Cachons-nous dans le bois.

Ils n'avaient pas le choix: un grand bout de route droite s'allongeait devant eux, et dans cette droite le cavalier qui venait derrière eux les apercevrait à coup sûr.

À droite, c'était la rivière. Ils s'engagèrent donc dans la forêt à gauche, après être descendus pour mener leurs chevaux par la bride.

Mais Guillaume les avait aperçus lui aussi, brièvement, avant qu'ils ne disparaissent dans la courbe. Et il avait immédiatement soupçonné que ces gens fuyaient, qu'ils étaient responsables de l'embuscade.

Il atteignit la courbe à son tour et, au-delà, vit que la route s'allongeait fort loin en ligne droite. Invisibles sur le chemin, les cavaliers s'étaient sûrement dissimulés dans le bois; donc ils avaient quelque chose à se reprocher.

Guillaume ralentit, mit son cheval au pas, scrutant la forêt à sa droite. Il n'entendait rien, aucun froissement de broussailles. Les fuyards n'avaient pas eu le temps de s'enfoncer loin dans le sous-bois. Ils devaient empêcher leurs chevaux de hennir.

Et Guillaume les vit, ou plutôt les entrevit: une éclaircie entre des arbustes lui permit d'apercevoir les pattes de devant et le poitrail d'un cheval. Une grosse branche de pin lui cachait la tête de l'animal, un buisson lui dissimulait le cavalier debout à côté. Mais il aperçut distinctement une tache blanche sur la robe brune du cheval, une tache verticale en forme de feuille de saule.

Déjà, bêtes et cavaliers n'étaient plus dans son angle de vision.

Il arrêta sa monture, guettant le moindre mouvement à l'endroit où il savait se trouver les deux hommes. Mais rien ne bougea: ils maîtrisaient très bien leurs chevaux.

Guillaume hésita: devait-il les sommer de se montrer? Devait-il entrer lui-même dans le bois? Il était armé mais eux avaient sans doute chacun un mousquet. De plus, ils pouvaient le voir approcher et le viser plus facilement que lui. Pouvait-il risquer d'être blessé, tué peut-être, et que le message qu'il portait ne se rende jamais à destination? Encore une fois sa mission était plus importante et il ne devait pas s'en laisser distraire, il ne devait prendre aucun risque qui pût retarder l'envoi de renforts à Granverger.

Au moins pouvait-il se consoler en supposant que, s'ils étaient rendus si loin du lieu de l'embuscade, ces deux-là ne s'étaient pas lancés à la poursuite de Didier et de son père.

Mais peut-être n'étaient-ils pas seuls à avoir tendu l'embuscade. Ou peut-être avaient-ils eu le temps d'abattre Didier et son père tout près de la route. À nouveau la rage saisit Guillaume, de ne rien pouvoir pour son ami et son père adoptif. Il cria, en direction des deux hommes qu'il ne voyait pas:

— Vous pouvez vous cacher, comme deux rats dans leur trou! Mais s'il est arrivé du mal à Luc Bertin et à son fils, je saurai bien vous retrouver!

Nul ne répondit, bien sûr, mais il ne douta pas qu'on l'avait entendu. Il éperonna sa monture et repartit au galop sur la route de Neubourg.

* * *

La sente avait procuré à Didier un encouragement dont il commençait à avoir sérieusement besoin. Mais cela ne dura guère: elle ne menait absolument pas dans la direction qu'aurait voulu prendre monsieur Bertin. Au contraire elle s'en éloignait davantage.

À nouveau le tonnerre gronda, plus proche que les fois précédentes. Quelques gouttes percèrent la voûte du feuillage. Avec la pluie, Didier se sentit gagné par le découragement. La pénombre s'était épaissie, la forêt était presque obscure. Déjà le garçon s'imaginait trempé, grelottant, égaré dans le bois à la tombée de la nuit, condamné peut-être à mourir d'épuisement ou de faim avant d'avoir retrouvé Chandeleur.

Monsieur Bertin allait revenir à son idée de tout à l'heure, quand Didier s'exclama:

— Regardez!

Un souffle d'espoir avait dilaté sa poitrine. Du sommet d'une faible côte qu'il avait gravie en tête, Didier apercevait vers la droite, entre les arbres, une zone d'intense lumière qui réveillait à contrejour le vert des frondaisons. Du coup son désespoir s'évanouit, comme chassé par cette lumière inattendue.

Un peu plus loin, la sente obliquait dans cette direction.

— Vois-tu quelque chose de précis? demanda le père, dont la vue baissait.

— C'est un dégagement, comme une grande clairière.

Et cette clairière, bien que Didier ne fût pas dans une position idéale pour le constater, occupait le fond d'un large vallon, entre deux collines basses. Il était orienté vers l'ouest et la lumière était celle d'une bande de ciel dégagé au-dessus de l'horizon, là où finissait le couvert nuageux. Le dessous des nuages était frangé d'or par le soleil qui allait bientôt en émerger.

Ce vallon, éclairé alors que la forêt était dans l'ombre, semblait au garçon la porte d'un autre monde, un royaume de lumière séparé seulement par quelques arbres. L'imagination aidant, Didier était prêt à y voir cette légendaire cité de Tirnewidd dont avait parlé son père.

Didier suggéra d'y aller: dans cet espace libre d'arbres, ils pourraient peut-être trouver un point élevé où grimper pour s'orienter.

— Mais c'est tout à fait à l'opposé de notre direction!

— C'est tout proche: ça ne nous retardera pas de beaucoup et ça nous sera peut-être très utile.

Monsieur Bertin céda encore au bon sens, tout en se disant «Ça nous fera arroser plus, aussi».

Après la courbe, le sentier s'inscrivait sur la pente d'une colline: la crête à leur gauche, le vallon à leur droite. À mesure qu'ils avançaient s'élargissait à leur droite la zone où les arbres étaient plus clairsemés, plus jeunes aussi, comme si la clairière avait déjà été plus vaste mais que la forêt regagnait du terrain. Cela leur permettait, graduellement, de mieux voir la clairière elle-même, devant eux, vers la droite.

Tandis que son père grommelait contre la pluie, Didier laissait courir son imagination: ces structures sombres qu'il commençait à apercevoir sur le vert tendre de la grande clairière, n'étaient-ce point des maisons? De grandes maisons aux toits pointus, aux formes parfois irrégulières?

— Tirnewidd!

— Qu'est-ce que tu dis?

— Là-bas, dans la clairière, ce ne sont pas des maisons?

Le soleil, à l'horizon, venait d'émerger sous les nuages, et il brillait de tout son éclat dans une mince bande de ciel azur. Monsieur Bertin plissa les yeux, ébloui.

— Je ne vois pas très bien.

Effectivement, il était difficile de distinguer autre chose que des silhouettes, sur cet arrière-plan trop lumineux.

La pluie augmentait; le tonnerre gronda à nouveau.

— Il va falloir nous abriter, lança monsieur Bertin.

— Vous disiez tout à l'heure qu'un peu de pluie ne nous ferait pas fondre.

— Un peu, non. Mais maintenant il en tombe beaucoup!

Arrivant à un petit ravin, la sente tournait à gauche, du côté où les arbres étaient plus vieux et plus nombreux. Désignant le torrent au fond du ravin, monsieur Bertin déclara:

— Il faudrait suivre ce ruisseau, il nous mènerait à coup sûr à la Paskédiac.

Didier, à qui ce détour avait fait perdre de vue la clairière proprement dite et les maisons qu'il avait cru y voir, protesta:

— Il faut pourtant que nous allions jusqu'à la clairière: nous sommes peut-être sur le point de découvrir Tirnewidd!

— Tirnewidd, Tirnewidd! Je n'aurais jamais dû te parler de cette légende. À cette heure, ce qui est le plus important c'est de retrouver Chandeleur.

Didier, impatiemment, avait fait quelques pas de course le long du sentier.

— Regardez! s'exclama-t-il, je ne me trompais pas!

Excédé, son père le rejoignit et vit ce que le garçon lui montrait: un pont qui permettait au chemin d'enjamber le ravin. Il s'appuyait sur des piliers en pierre aussi parfaitement assemblés que les murs du fort de Neubourg.

Stupéfait, monsieur Bertin prononça:

— Ce ne sont pas les Indiens qui ont fait ça!

— Ni les gens de Chandeleur: ils ne sont peut-être même jamais venus si loin.

— Est-ce que la légende serait vraie?

— Je vous le dis, c'est Tirnewidd!

Didier ne tenait plus en place, tant cette découverte l'excitait. Il courut jusque sur le pont puis y sauta à pieds joints pour tester la solidité des gros madriers. Il conclut que l'ouvrage était fort ancien: il ne paraissait plus très solide.

Déjà l'adolescent était rendu de l'autre côté; il aurait voulu courir pour arriver à la clairière proprement dite. Elle était maintenant toute proche; cependant, d'où il était, il n'en voyait pas le centre, où il avait cru distinguer les premières maisons de ce qu'il imaginait déjà être une cité.

Après le ravin, le sentier obliquait à droite, pour contourner une avancée rocheuse de la colline et rejoindre la zone moins boisée. La lumière, dans cette direction, était toujours aussi éblouissante. Au point que, par contraste, la forêt dense à gauche paraissait parfaitement obscure quand on y ramenait son regard.

— Regarde! fit monsieur Bertin qui marchait derrière son fils.

Son attention centrée sur la clairière, Didier n'avait pas remarqué, à leur gauche, une masse sombre qu'il avait cru être une petite falaise de la colline au flanc de laquelle ils marchaient. Il se rendit compte que c'était une muraille, et que le rocher qui la terminait était en fait une tour ronde et trapue. À travers les buissons et les jeunes arbres, on distinguait l'assemblage régulier des pierres sombres, couvert de lierre par endroits.

— Un château! s'exclama l'adolescent.

Mais ils étaient trop proches pour avoir une vue d'ensemble de l'édifice, et donc pour savoir s'il y avait d'autres structures derrière. Les arbres, plus gros dans ce secteur où les avaient menés le détour du sentier, leur avaient jusqu'ici masqué le bâtiment.

— Cette fois, plus de doute, n'est-ce pas? fit Didier.

Il ne s'était même pas exclamé: l'excitation faisait place à un sentiment plus profond, un sentiment de solennité, de respect. Cette muraille, sombre, imposante, manifestement ancienne, évoquait pour lui une civilisation puissante entourée de mystère.

Dépassé par les événements, monsieur Bertin ne répondit pas à la question de son fils.

— Cherchons un abri, se contenta-t-il de dire.

En effet, c'était maintenant une véritable averse qui tombait, et les nuages étaient presque aussi sombres que le faîte crénelé de la muraille qui se profilait dessus.

Quittant le sentier, ils approchèrent du mur et rejoignirent en courant la base de la tour. À demi masquée d'herbes, une fosse apparut devant Didier. Instinctivement il sauta pour l'enjamber plutôt que d'interrompre sa course car il avait trop d'élan. En même temps il cria gare. Son père s'arrêta juste au bord du trou.

C'était un étroit escalier s'enfonçant dans le sol, vers une porte qui se découpait dans le sous-bassement de la tour. Un buisson la masquait aux regards et les marches étaient recouvertes d'humus.

— Essayons ici, fit monsieur Bertin.

Il descendit le premier. Le battant, bardé de ferrures, lui résista. Mais il céda peu à peu, en frottant la pierre du seuil, lorsque Didier joignit ses forces à celles de son père.

Ils entrèrent dans Tirnewidd.

4

Les tombeaux de la cité

Didier et son père se trouvaient maintenant dans une cave parfaitement obscure, dont ils ne pouvaient évaluer ni les dimensions ni l'aménagement, tant que leurs yeux ne se seraient pas habitués à la noirceur.

Le garçon se remettait du saisissement que lui avait causé l'apparition de ce château à leurs côtés — du moins cela avait eu l'effet d'une apparition tant ils s'étaient approchés sans distinguer la muraille.

Un château ce devait être, car l'imagination de Didier ne connaissait pas les demi-mesures. Des silhouettes imprécises et lointaines de quelques maisons, il avait fait une cité; d'une muraille et d'une tour il pouvait bien faire un château-fort. Et il ne cessait de répéter:

— Carignan avait raison! Carignan avait raison!

Il avait maintenant hâte que cesse la pluie, pour sortir contempler dans toute sa grandeur cet édifice inconnu. Mais la pluie tombait à verse, au point que les Bertin durent refermer la porte pour éviter que la cave ne soit inondée. On entendait toujours gronder le tonnerre, des roulements espacés qui se rapprochaient graduellement.

Peu à peu ils furent en mesure de distinguer leur environnement. Ils étaient dans une salle ronde, au centre de laquelle un gros pilier soutenait la voûte. Une grande porte à deux battants faisait face à celle par où ils étaient entrés. De chaque côté, deux arches donnaient accès à des galeries ou des salles, formant l'une avec l'autre un angle droit. L'une de ces galeries était obscure, mais de l'autre venait une vague lueur comme celle du jour à son déclin. Rapidement la lueur augmentait et devenait jaune. Intrigués, Didier et son père s'avancèrent. Au moment où ils franchissaient l'arche, la grande salle, toute sur le long, était inondée d'une vive lueur orangée. Ils restèrent sur le seuil, interdits.

Dans le mur de droite, une série de soupiraux regardant directement vers l'ouest laissaient entrer les rayons du soleil couchant, qui dessinaient sur le mur d'en face autant de demi-cercles.

Dans cette salle étroite, voûtée, s'alignant sur le sol en deux rangées, des silhouettes étaient couchées sur des dalles rectangulaires. Et Didier vit avec horreur que ces formes étaient des corps sans vie, des corps humains.

Mais, à l'instant même où sa peau se hérissait de chair de poule, le garçon réalisa son erreur: les corps étaient en pierre, il s'agissait de ces sculptures à l'effigie des morts qu'on appelle gisants et dont on orne les tombes. Du reste, si Didier n'avait été dans un état de surexcitation, jamais il n'aurait été trompé: les sculptures étaient assez grossières.

— Un tombeau! murmura monsieur Bertin, sinistrement impressionné. N'entrons pas.

— Pourquoi? répliqua l'adolescent, qui déjà avait fait quelques pas dans la crypte.

Sur la tranche de chaque dalle funéraire se trouvait gravée une inscription que Didier ne savait lire. Quels morts gisaient sous ces dalles, et depuis combien de siècles? Combien de millénaires, peut-être? Quels rois prestigieux d'une antiquité jusque-là inconnue?

Devant un soupirail, Didier se hissa sur la pointe des pieds pour apercevoir le soleil couchant. Entre les troncs de quelques arbres jeunes, il vit le disque écarlate disparaissant à l'horizon. Les herbes, les feuilles de vigne sauvage ou de lierre encadrant le soupirail, se trouvaient frangées de lumière. La pluie étincelait comme un rideau de paillettes.

— Pourquoi est-ce qu'on ne pourrait attendre ici? répéta le garçon. Il y a de l'air, il fait plus clair que dans la cave ronde, nous pourrions guetter la fin de l'averse.

Comme pour corriger ce dernier mot, le tonnerre éclata, et un souffle frais apprit à Didier que le vent se levait.

Monsieur Bertin était partagé: attendre dans le noir complet, ou attendre dans une crypte funéraire. Les deux perspectives lui paraissaient lugubres.

Il décida de s'asseoir entre les deux, sur la haute marche qui formait le seuil, dans l'arche entre la salle ronde et le tombeau.

Didier, lui, profita du reste de lueur rougeâtre pour explorer la crypte. Il revint bientôt en annonçant qu'il n'y avait pas d'issue à l'autre bout. Puis, retournant à la salle ronde, il voulut explorer l'autre galerie, mais la lueur pénétrant par les soupiraux de celle-là était presque nulle. Il fit quelques pas seulement, distingua une autre crypte funéraire où les dalles ne semblaient pas porter de gisants. Il revint s'asseoir à côté de son père et, ensemble, ils regardèrent s'estomper les rayons ténus qui se suivaient de soupirail en soupirail. Le temps qu'ils disparaissent tous, Didier se rendit compte qu'une vague anxiété l'avait envahi.

*   *   *

Le soir était venu rapidement, et l'orage se déchaînait maintenant au-dessus du «château». Pour Didier et son père, la seule lumière venait des éclairs qui illuminaient périodiquement la rangée de soupirails et tiraient de leur noirceur les figures pétrifiées des gisants.

Les épreuves qu'avait redoutées Didier étaient toutes au rendez-vous: la faim, l'obscurité, le froid (mouillés, le garçon et son père frissonnaient dans la fraîcheur de cette cave). Et l'angoisse, l'angoisse de se savoir perdu, loin de chez soi.

Lorsque l'orage se fut éloigné il n'y eut plus, pour meubler le silence, que la rumeur de la pluie qui allait décroissant. Se hissant à nouveau sur la pointe des pieds devant un soupirail, Didier regarda en direction de la clairière, espérant voir les lumières de la ville légendaire. Mais il n'y avait que les ténèbres absolues d'une nuit bouchée par les nuages. Pas la moindre lueur derrière la fenêtre d'une de ces maisons que le garçon avait aperçues dans la glorieuse lumière du soleil à son déclin. Qu'il avait *cru* apercevoir, car maintenant il commençait à douter, se demandant s'il ne s'était pas trompé à cause du soleil éblouissant.

Maintenant il n'y avait plus que les ténèbres: l'univers semblait s'arrêter au-delà de ce soupirail dont Didier sentait sous ses doigts le rebord de pierre froide.

— Et quand l'averse aura cessé? demanda le garçon.

La voix de son père lui parvint, lugubre, semblant venir de nulle part:

— Nous n'avons pas de lanterne. Nous ne verrons pas plus clair dehors qu'ici.

— Il faut pourtant explorer le château.

— Nous risquons de tomber dans un trou, comme toi tout à l'heure quand tu as trouvé l'escalier.

— Mais nous verrons des lumières, des fenêtres éclairées: il doit bien habiter des gens dans ce château.

— «Château»! Qu'avons-nous vu de ce château? Une muraille et une tour, voilà tout. Ton «château» n'est peut-être qu'une ruine, et pas très grande avec ça.

— Qu'est-ce qui vous permet de croire qu'elle est inhabitée?

— Et qu'est-ce qui te dit qu'elle est habitée?

L'adolescent se tut, découragé. À l'aveuglette il s'assit sur la poitrine d'un gisant, ramena ses talons sur la dalle funéraire, et s'appuya la tête dans les mains. Tirnewidd, un amas de ruines? Une cité déserte, peut-être depuis des siècles? Cela aurait expliqué pourquoi on n'avait jamais rencontré ses habitants, même autour de Chandeleur.

Les tombeaux d'une cité morte; quel sinistre endroit pour attendre l'aurore!

*   *   *

— La pluie a cessé depuis un bon moment. Nous n'allons quand même pas passer la nuit ici!

— Shhh!

L'adolescent vit son père lui faire signe de se taire. Mais comment Didier pouvait-il *le voir* dans l'obscurité?

— Viens ici.

Tendant les mains devant lui, vers le bas, pour ne pas heurter le plus proche gisant, Didier rejoignit son père. Ce faisant il comprit qu'un peu de lumière entrait par le plus proche soupirail, c'est ce qui éclairait le visage de monsieur Bertin. En même temps un bruit d'herbe froissée lui fit tourner la tête vers la petite fenêtre.

Là, dehors, un fanal se rapprochait, presque éblouissant après une heure passée dans la noirceur complète. Derrière se distinguait la silhouette de l'homme qui portait le luminaire, et Didier eut l'impression que ce vêtement lui rappelait quelque chose.

— La cité n'est pas déserte! s'exclama le garçon en étouffant sa voix.

— Non. Mais qui y habite? chuchota son père. Si c'étaient nos brigands de tout à l'heure, qui auraient fait de ces ruines leur repaire?

Instinctivement Didier s'accroupit, auprès de son père qui se tassait dans l'embrasure de l'arche où il était assis. «Est-ce Davard? se demanda le garçon. Davard qui nous aurait suivis depuis l'embuscade sur la route? Mais il aurait eu toutes les occasions de s'attaquer à nous dans la forêt. À moins qu'il vienne seulement de retrouver notre trace. Avec des chiens de chasse, par exemple. Mais non: la pluie aurait effacé notre piste.»

— Attention, il va regarder par un soupirail! murmura monsieur Bertin.

En hâte ils se cachèrent dans l'embrasure de l'arche. Juste à temps car la lanterne elle-même entrait par un soupirail, au bout du bras qui la tenait. Didier et son père ne purent s'empêcher de regarder.

L'homme avança le buste par le soupirail, son visage éclairé d'en dessous par la lueur jaune de la flamme.

Dérouté, Didier reconnut l'homme qui lui avait sauvé la vie au chantier du fort St-Imnestre. Mais la réaction du garçon ne fut rien devant celle de son père: Bertin eut un cri étouffé, une sorte de râle:

— Un revenant!

Et, ce disant, il tira son fils avec lui dans l'ombre de la salle ronde. Sa voix rendue méconnaissable par la terreur, il souffla:

— C'est le fantôme de Jean-Loup Carignan!

* * *

Longtemps après que la lueur soit partie de la crypte funéraire, monsieur Bertin et son fils étaient restés immobiles, silencieux, dans les ténèbres humides de la salle ronde. Finalement, comme personne ne faisait mine d'entrer, et comme la lumière ne revenait pas, Didier se décida à parler, tout bas:

— Vous êtes sûr que c'était Carignan? Cet homme est dans la trentaine, tout au plus.

— Justement, ce n'est pas possible: Carignan avait quinze ans de plus que moi, il serait maintenant un vieillard!

— Mais alors…

— Carignan est disparu vers 1655. Disparu… Mort, sans doute. Dans la trentaine, justement.

Monsieur Bertin revoyait ce visage, les traits sinistrement soulignés par l'éclairage par en dessous. Ses souvenirs de Carignan remontaient à près de quarante ans, mais il était sûr de l'avoir reconnu, avec ses yeux sombres, son nez aquilin, son menton mince et ses pommettes comme celles d'un Amérindien.

Didier sentit que son père frissonnait, et il trembla à son tour, comme par une contagion de la peur. Dans l'obscurité redevenue complète, il lui semblait que n'importe quelle créature de la nuit pouvait surgir devant lui et le prendre à la gorge. Instinctivement, il porta la main à son cou.

* * *

Le temps passa sans que Didier ni son père n'osent bouger, sauf pour s'asseoir sur leurs talons, adossés au mur de la cave circulaire. Ils savaient bien qu'ils ne parviendraient jamais à dormir ici. Leur voeu le plus cher était que vienne l'aurore, pour qu'ils puissent à la lueur du jour quitter ce lieu hanté. Et laisser la cité morte au silence de l'oubli.

Mais, apparemment, les maléfices de Tirnewidd n'étaient pas terminés.

Didier crut entendre un son vers sa gauche. Cependant si vague qu'il n'en fut pas certain. Le même se reproduisit à droite. À nouveau il tourna la tête, mais ne vit rien.

— Entendez-vous? souffla-t-il à l'intention de son père.

— Quoi donc?

— Écoutez... Voilà, vous avez entendu, à gauche?

— Non.

Monsieur Bertin tendit l'oreille. Mais son ouïe, comme sa vue, n'était plus aussi fine que celle d'un adolescent.

— Là, encore. Ça venait de la crypte, cette fois.

— Ça ressemblait à quoi? souffla l'homme.

— Comme... un froissement.

Mais un froissement si faible, si ténu, que Didier ne pouvait préciser davantage. Peut-être un heurt, un bruit de chute, mais la chute d'un objet très léger. À un moment, juste avant un nouveau son, le garçon, qui regardait vers l'arche donnant sur la galerie de gauche, crut voir un trait luminescent, orangé. Mais si bref et si ténu, lui aussi, que ce pouvait aussi bien être une de ces fausses lueurs qu'on voit dans le noir comme lorsqu'on se frotte les paupières.

La peur, à nouveau, resserra son étreinte sur la poitrine du garçon. Les bruits étaient réels, il n'y avait plus de doute, mais quelle menace traduisaient-ils? Car Didier sentait une menace: il y avait derrière ces bruits une intention; mieux, une ruse. Ils venaient tantôt de droite, tantôt de gauche, se répétant parfois d'un même côté, puis alternant de sorte que, quand le garçon scrutait les ténèbres vers l'arche de droite, le bruit venait de gauche. Comme si la volonté qui causait ces sons essayait de déjouer la vigilance du garçon. Elle y parvenait le plus souvent. Et, même quand Didier regardait dans la bonne direction, il ne voyait rien, sinon, deux fois encore, ce trait de lueur évanescente qu'il ne pouvait s'expliquer.

Monsieur Bertin, lui, n'entendait toujours rien, mais il sentait la tension de son fils et devinait que les bruits continuaient.

Vint un moment où les sons ne se produisirent plus, mais les yeux de Didier, exercés à la noirceur, perçurent une lueur dans la crypte funéraire, une lueur rouge, très faible. Elle semblait monter du sol, derrière les premiers gisants.

Cela, monsieur Bertin le vit aussi bien que son fils.

— Regarde, souffla-t-il en lui touchant le bras.

Et, après un silence:

— C'est comme si l'enfer s'ouvrait doucement.

Ces mots saisirent Didier et le firent frissonner: il n'y avait pas pensé mais l'image était juste. Il n'y avait pas assez d'éclairage pour apprécier la distance, la profondeur, ou même pour bien voir les gisants; se pouvait-il que les tombes se soient ouvertes, sans bruit, et que de ces fosses montât la lointaine lueur du monde inférieur?

— Ça sent même la fumée, ajouta monsieur Bertin d'une voix à peine audible.

C'était vrai: une odeur d'herbes ou de feuilles brûlées, un arôme inconnu qui n'était pas désagréable.

Un nouveau frisson secoua Didier, un véritable spasme. Cette senteur inusitée, ce rougeoiement sans fluctuation, qui n'avait rien de commun avec des flammes naturelles, tout ça à quelques pas d'eux... Le garçon était paralysé, comme si la peur était une grande main intangible le plaquant au mur.

Un bref vertige le saisit; allait-il s'évanouir?

Avec un effort de volonté, il tourna la tête vers l'autre crypte, celle de gauche, d'où les sons inexpliqués étaient venus aussi.

— Père... parvint-il à articuler.

Par l'arche on voyait maintenant clairement la seconde crypte, avec ses pierres tombales sans gisant. Une lueur spectrale baignait toute la galerie, comme celle qui éclaire les nuages lorsqu'ils passent devant la lune, mais beaucoup plus faible. Elle n'avait pas de source visible, tout baignait dans une pénombre uniforme. Et, au-dessus des tombes, une vapeur stagnait, animée de volutes lentes, la substance de fantômes se cherchant une forme.

Didier se sentait étourdi, l'étrange odeur devenait de plus en plus entêtante. Il perçut que, à côté de lui, son père tentait de se lever, en prononçant d'une voix hésitante:

— Quel... sortilège...?

Mais monsieur Bertin ne parvint pas à se lever: il tomba lourdement sur le côté, comme un homme ivre, et ne bougea plus.

Incapable du moindre mouvement, Didier luttait pour garder ses yeux ouverts. Mais sa vision se dédoublait, ses paupières s'alourdissaient.

Un grincement le ramena un instant à la conscience: devant lui les deux vantaux de la grande porte s'entrouvraient. Des murmures lui parvinrent, comme ceux d'une foule, ou au moins de plusieurs personnes. Didier n'en comprit rien. Ils se turent.

La porte s'ouvrait sur un escalier de pierre. Et sur ces marches, nimbée d'une pâle lumière argentée, parut la silhouette d'un homme portant robe ou toge, sa tête auréolée de blanc comme par une chevelure luminescente.

«Le vieil homme de la forêt!» songea Didier avec effroi.

Puis sa vision se brouilla et il sombra dans l'inconscience.

5

La flèche et le loup

Lorsque Didier s'éveilla, la lumière du soleil lui fit cligner des yeux. Il vit le beau visage d'une fille, ses cheveux sombres tranchant sur le vert lumineux d'un feuillage. C'était Rébecca, sa cousine de Chandeleur, et il lui fit son plus beau sourire.

Rébecca! Quel bonheur de la revoir après une année. C'était comme s'il la découvrait comme pour la première fois, tant elle avait embelli depuis leur dernière rencontre. Pourtant, Didier ne se souvenait pas d'un tel émoi hier soir.

Hier soir? Mais Didier et son père *ne s'étaient pas* rendus à Chandeleur!

Au moment où il pensait cela, le garçon notait, avec un peu de retard, l'air soucieux de Rébecca à son réveil, et le ton inquiet de sa voix quand elle avait prononcé son nom pour le tirer du sommeil.

Didier se redressa vivement, constata qu'il avait dormi dans la charrette, tout contre un tronc d'arbre qui l'avait partiellement démolie. Son père, à ses côtés, s'éveillait plus lentement.

«L'arbre tombé!» se rappela Didier, et le souvenir de l'embuscade lui revint.

Il remarqua qu'une grosse branche de l'arbre avait été coupée, celle qui pesait en travers de la charrette, de façon à dégager le fond. Des branchages avaient été taillés par la suite et disposés pour faire un abri.

«Nous avons fait ça?» se demanda le garçon, cherchant à se rappeler comment ils avaient décidé de camper dans la charrette plutôt que de rejoindre Chandeleur. Pourtant, la hachette fichée dans le tronc était celle de monsieur Bertin.

Et soudain, tandis que d'un saut il descendait de la voiture, tout lui revint.

— Mais non! s'exclama-t-il. Nous étions dans la forêt!

— Qu'est-ce qui est arrivé? demanda Rébecca. J'allais aux bleuets, quand j'ai aperçu la voiture sous l'arbre tombé. En vous voyant dans le fond de la charrette, j'ai cru que vous étiez morts.

— Non, nous n'avons pas été blessés. Ce n'est pas parce qu'ils n'ont pas essayé.

— Ils? fit Rébecca en fronçant les sourcils.

— C'était une embuscade, on nous a tiré dessus; mais nous n'avons pu voir qui c'était. Nous avons fui dans la forêt...

— ...et nous nous sommes perdus.

Didier se retourna vers son père qui l'interrompait ainsi. Monsieur Bertin se dépêtrait des branches pour se redresser. Assis dans la charrette, il poursuivit:

— Nous avons fini par rejoindre la route à la nuit tombée et nous avons dégagé la charrette pour nous y installer.

— Mais non, père!

Didier était interloqué.

— Je ne me rappelle pas être revenu à la voiture! Souvenez-vous des ruines, des tombeaux!

— Tu as rêvé tout ça: tu as eu une nuit agitée. Tu m'as même réveillé en parlant dans ton sommeil.

Monsieur Bertin fixait son fils droit dans les yeux, comme pour le convaincre.

Le garçon ouvrit la bouche pour protester à nouveau, mais il la referma. Un doute le gagnait: l'épisode fantastique d'hier soir pouvait-il s'être vraiment passé? Comment expliquer, alors, qu'ils se réveillaient dans leur charrette?

— Ma belle Rébecca, fit monsieur Bertin en descendant de la voiture, puisque tu es à cheval tu vas retourner à Chandeleur, s'il te plaît, et ramener ton père pour qu'il nous aide à déprendre la charrette.

Elle s'éloigna vers sa monture, un robuste cheval de labour, sur les reins duquel pendaient deux paniers couverts pour les bleuets. Elle monta à la garçonne, lestement malgré sa jupe, et partit au galop.

Dès qu'elle fut partie, monsieur Bertin saisit la hachette et entreprit de débiter l'arbre en s'attaquant aux branches les moins grosses. Son fils revint à la charge:

— Vous êtes sûr que nous avons retrouvé la charrette, sans lanterne, en pleine nuit?

— Et toi, tu es sûr d'avoir vu une cité, un château?

— Je n'ai pas employé ces mots il y a un instant, triompha Didier, y voyant un indice que son père avait les mêmes souvenirs que lui.

Mais monsieur Bertin ne releva pas la remarque et répliqua:

— Que crois-tu que les gens penseraient de nous si nous leur racontions une histoire de cité inconnue et de revenant?

Didier revit le visage décomposé de son père lorsqu'était apparu le spectre de Jean-Loup Carignan. Sa figure avait encore un peu cet air effaré, et monsieur Bertin tourna la tête pour cacher son trouble.

— Mais s'il y a dans la forêt une cité que personne n'a vue, il faut en parler!

— Et pourquoi?

Pourquoi, en effet? Cela lui cloua le bec; il chercha en vain une bonne raison. «Moi en tout cas, songea-t-il, je veux savoir si j'ai rêvé ou si cette cité existe vraiment».

* * *

Lorsque Edmond Dubuque, le beau-frère de Luc Bertin, et sa fille Rébecca revinrent au lieu de l'embuscade, l'arbre était émondé de son feuillage et de presque toutes ses branches. Monsieur Bertin n'avait pas chômé et, de son bras vigoureux, il avait taillé comme pour briser à coups de hache le trouble qui l'étreignait.

Didier l'avait regardé faire, s'offrant plusieurs fois pour le relayer, ramassant les rameaux coupés, repassant sans cesse dans sa tête les événements de la soirée précédente.

Dans sa charrette à lui, monsieur Dubuque avait apporté une grosse hache de bûcheron, une corde et des outils, quelques planches pour réparer la voiture accidentée.

Heureusement ni les roues ni l'essieu n'étaient brisés, la charrette n'ayant reçu qu'une partie du poids de l'arbre. Les grosses branches furent débitées, le tronc aussi, jusqu'à ce qu'il soit assez léger pour être soulevé par trois hommes. Les chevaux menés par Rébecca, la charrette fut tirée de sous l'arbre.

Les ridelles avaient été fracassées, la caisse elle-même de la voiture était brisée, son fond percé, mais elle pouvait encore rouler après qu'on l'eût consolidée de quelques planches.

Le groupe se remit en route vers Chandeleur, sous le soleil d'une matinée fort avancée. Le feuillage bruissant, vert vif, les miroitements de la rivière proche, tout aujourd'hui semblait nier que la même forêt était, douze heures plus tôt, sombre et inquiétante, pleine de secrets.

Et la présence de Rébecca, au côté de qui Didier avait tenu à faire le trajet, lui faisait presque oublier les mystères qui le préoccupaient. Mais quand, à l'approche de Chandeleur, la route traversa sur un ponceau un petit torrent, Didier se retourna vers monsieur Bertin qui suivait sur sa charrette. Il vit que son père avait remarqué le cours d'eau et pensait la même chose: ce pouvait bien être le torrent qui, là-bas, au coeur de la forêt, était enjambé par un pont. Un véritable pont aux piliers de pierre, que ni les Français ni les Indiens n'avaient construit, un pont qui menait aux portes de Tirnewidd.

* * *

En arrivant à Chandeleur, les Bertin avaient été rejoints par Guillaume, qui revenait de Neubourg. Il avait crié de joie en les reconnaissant, soulagé au-delà de toute mesure. Au fort de Neubourg il avait eu une nuit sans sommeil, se demandant si son frère et son père adoptifs n'étaient pas morts au bord de la route ou dans la forêt, se reprochant d'être passé sans leur porter secours.

Guillaume leur raconta avoir aperçu sur la route, après l'embuscade, deux cavaliers qui s'étaient cachés à son approche. Monsieur Bertin, en retour, résuma l'attaque et la fuite dans la forêt, mais il ne toucha mot du château où ils s'étaient abrités de l'orage, ni de ce qui s'était passé dans les caves. Didier aurait bien voulu raconter cet épisode à son ami mais il n'osa, en présence des Dubuque, dévoiler ce que son père tenait à passer sous silence. Il se promit de lui en parler dès la prochaine occasion.

Rassuré sur le sort des Bertin, Guillaume était reparti de Chandeleur avec un cheval frais, pour porter à Granverger la dépêche qu'on lui avait confiée: le commandant du fort de Neubourg envoyait dès aujourd'hui des renforts au hameau pour parer à une attaque des Anglo-américains.

La nouvelle de cette menace inquiétait les gens de Chandeleur: ils étaient sur le chemin d'une éventuelle invasion par la Paskédiac. Si Granverger tombait, il ne leur resterait plus qu'à fuir leurs maisons car il n'y avait pas à Chandeleur la moindre palissade où se retrancher. C'est surtout de cela qu'il fut question, et des brigands de monsieur Bertin, au repas que les Dubuque offrirent à leurs visiteurs. Mais Didier, lui, songeait à tout autre chose, et c'est ainsi qu'il se retrouva, après dîner, à l'endroit où la route enjambait le petit torrent.

Coulant parmi les pierres, le petit cours d'eau disparaissait dans la forêt après une courbe. Était-ce bien celui qui, là-bas, coulait au fond d'un ravin près du sombre château de Tirnewidd? Impossible d'en être sûr à moins de le suivre tout le long, et c'est ce que Didier comptait faire.

Il choisit la rive sud et s'enfonça dans le bois, ayant soin de ne jamais perdre de vue le torrent à sa droite. Il ne risquait pas de s'égarer, avec le cours d'eau pour repère. Et il avait tout l'après-midi, jusqu'au coucher du soleil: bien plus qu'il n'en fallait pour atteindre la cité, selon lui.

Mais il constata bientôt que sa progression n'était pas aussi rapide qu'il l'aurait souhaité. Marcher sur les roches de la berge et enjamber les branches mortes demandait une gymnastique sans répit. Plus loin le torrent s'encaissa entre deux talus pas très hauts mais abrupts, couverts de broussailles, et Didier dut le suivre d'en haut, cheminant dans un sous-bois touffu. À tel point que, parfois, il perdait de vue le torrent et n'avait plus pour se guider que le clapotis de l'eau.

Cependant il n'y avait rien là pour décourager Didier.

L'après-midi était avancée lorsque se présentèrent les véritables obstacles. D'abord un massif d'arbustes épineux, s'épaississant vers la gauche, obligea le garçon à redescendre vers le torrent. Le petit escarpement était moins haut ici, mais la berge était quasi inexistante, de sorte que Didier fut contraint de prendre pied sur une roche émergeant de l'eau.

Puis, de là, il vit que le torrent disparaissait sous terre, ou plutôt qu'il en jaillissait. Didier se trouvait devant une falaise, pas très haute, un rocher plutôt, mais lisse et presque vertical. Aucune prise visible sur sa surface rude, rien qui permît de l'escalader. Et, d'une ouverture à la base de ce rocher, une sorte de faille horizontale, le torrent s'échappait en bouillonnant parmi les roches.

Impossible, donc, de remonter le cours d'eau plus loin. À moins de contourner le rocher, en espérant que le trajet souterrain du torrent était bref. Mais ce rocher faisait corps avec un escarpement, le flanc d'une colline ou d'un plateau. C'était toute la contrée qui s'élevait brusquement à cet endroit, et en ce cas le torrent pouvait être souterrain sur une bonne distance.

Sérieusement contrarié, Didier songea qu'il devait quand même monter sur ce plateau pour tenter de repérer l'endroit où le torrent plongeait sous terre, et de là reprendre son exploration. Pour cela il fallait trouver, vers la gauche ou la droite, un endroit où l'escarpement était franchissable. Il opta pour la droite, qui au moins semblait libre des buissons épineux de l'autre rive. Toutefois il lui fallait d'abord traverser le cours d'eau; ce n'était qu'un gros ruisseau mais le courant ici était fort, les pierres émergées étaient lisses et humides, très écartées les unes des autres. Didier entreprit la traversée avec un peu d'appréhension.

Et il arriva ce qui devait arriver: obligé à un long saut, il glissa sur la pierre visée et tomba assis dans l'eau glacée. Il en avait seulement jusqu'à la poitrine mais le courant l'entraîna sur le côté et il dut, pour gagner la rive, mi-nager, mi-ramper en s'accrochant aux pierres.

Sur la berge il resta couché à plat ventre, grimaçant de douleur parce qu'en tombant il s'était blessé à la cuisse sur une arête cachée de la roche. Cela ne saignait pas mais la douleur, les premiers instants, était à faire gémir.

Enfin Didier se releva, trempé, et s'éloigna du torrent. La forêt, sur cette rive, était moins dense, et elle s'éclaircissait encore. Le garçon comprit bientôt pourquoi: le sol s'amollissait graduellement, devenait fangeux, un véritable marécage. Bientôt il n'y eut plus, sur une bonne distance, que les roseaux émergeant d'une vase où l'on enfonçait jusqu'aux mollets. Impossible d'aller plus loin dans cette direction. L'escarpement semblait facile à grimper mais il était inaccessible: le marais s'étendait du pied du plateau jusque très loin au nord et à l'est, où la forêt reprenait ses droits.

Un peu découragé, Didier rebroussa chemin. Ce qui ne lui fut pas facile car, dans l'instant où il s'était arrêté pour contempler le marécage, il avait enfoncé jusqu'aux genoux. Extraire ses pieds de la tourbe, l'un après l'autre, demandait un effort surhumain et, s'il avait eu une bonne distance à franchir ainsi, Didier aurait fini par s'effondrer, exténué, et se laisser aspirer par la vase.

Il regagna le torrent et, cette fois, puisqu'il était déjà trempé, il le traversa en marchant carrément dans l'eau, pour laver ses chaussures et ses culottes de toute cette boue. Il y allait prudemment, se tenant à toutes les roches possibles pour lutter contre le courant. Au plus profond il eut de l'eau jusqu'à mi-cuisses et dut déployer des prodiges d'équilibre pour ne pas glisser sur les pierres moussues du lit.

Les jambes comme coupées par la froideur de l'eau, il se retrouva au pied du massif épineux, et tenta de s'y enfoncer. Il y renonça bien vite, mains et visage couverts d'estafilades: chaque tige, chaque branche de ces arbustes se hérissait d'épines redoutables, petites mais acérées.

Il recula jusqu'à la rive et songea à renoncer pour de bon. Mais les épines, en plus de sa peau, avaient piqué sa fierté. Fâché contre l'obstacle, Didier s'obstina et résolut de le contourner. Le bosquet épineux devait bien s'interrompre quelque part, et l'escarpement devait bien pouvoir s'escalader en quelque endroit. Ce n'était quand même pas une falaise cyclopéenne. Et ce sous-bois, avec ses arbustes épineux, n'était quand même pas ensorcelé.

Pas ensorcelé? À mesure que le temps passait et que Didier avançait, longeant l'obstacle, il s'interrogeait sur cette malchance qui bloquait son exploration. Un rocher escarpé, un marécage, un véritable mur d'épines: la nature, aurait-on dit, se liguait pour barrer le chemin de Tirnewidd. Se pouvait-il qu'un sort ait été jeté sur la forêt par les mages de cette antique cité? À chaque fois que le garçon pensait avoir trouvé une percée dans le bosquet d'arbustes épineux, cela s'avérait être une impasse, un faux espoir, les tiges acérées se rejoignant un peu plus loin pour refermer la barrière. Un sortilège... Didier repensa à ce qui s'était produit dans la crypte du château, ces lueurs rouges comme issues de l'enfer, cette vapeur spectrale à l'odeur entêtante... Oui, Tirnewidd était peut-être une citée de magie.

L'escarpement, au-delà du bosquet, était invisible. Il pouvait aussi bien s'élever graduellement et, quand Didier aurait contourné l'obstacle, s'avérer être une falaise vertigineuse.

Ce n'est pas ce qui arriva, toutefois. Les arbustes épineux se firent plus clairsemés, enfin, furent remplacés par une végétation moins hostile, et Didier put rejoindre le pied de l'escarpement. Ce n'était plus qu'une forte côte semée de grosses roches, et les arbres y poussaient comme en terrain plat. Leurs fûts très grands et droits étaient sans branches jusqu'à une bonne hauteur. On eût dit les colonnes d'un temple sylvestre, entre le sol et le toit de feuillage. Les rayons du soleil, déjà obliques, éveillaient des taches lumineuses parmi les fougères.

Didier entreprit de gravir la côte. Soudain un sifflement, le bruit d'un choc: une flèche vibrait, fichée dans un tronc d'arbre devant lui, à hauteur de son visage. Comme pour barrer symboliquement le chemin qu'il voulait suivre.

Vivement le garçon recula d'un pas, tourna la tête vers la droite, d'où était venu le trait. Rien. Il ne voyait rien. La forêt était calme, comme déserte, seul le chant des oiseaux tissait un fond sonore si discret qu'il était une forme de silence. Dans l'air limpide, le soleil étirait des rubans diaphanes où moucherons et brindilles étaient autant de points lumineux.

Personne. Que des roches noires et des troncs sombres, sur le vert en deux tons du sous-bois. Pas une silhouette humaine, pas un mouvement. Et pourtant quelqu'un avait décoché cette flèche. Après les sortilèges, un archer invisible... Un elfe, un sylvain*?

Figé, le garçon hésitait à fuir. Comme si l'après-midi était trop clair et la forêt trop ouverte pour que la peur puisse y triompher. Pourtant la menace était claire, une prochaine flèche pouvait aussi bien transpercer Didier.

Ce qui le décida, et vite, ce fut l'apparition d'un loup: surgie de derrière une grosse roche, une bête grise qui le fixait de ses yeux pâles en grondant.

Subitement trempé d'une sueur froide, Didier recula d'un pas, puis d'un autre, posément, comme si en évitant les gestes brusques il pouvait prévenir une attaque du loup.

Mais le terrain était inégal; il était risqué de le descendre à reculons. Ses yeux captifs du regard du loup, Didier perdit pied et tomba à la renverse. Il se

*sylvain: être surnaturel habitant les forêts.

75

releva précipitamment, convaincu que l'animal profiterait de cette occasion pour bondir, et il détala sans un regard derrière lui.

Un aboiement étouffé, rauque, excita sa frayeur et Didier galopa comme jamais il ne l'avait fait. Il eut néanmoins la présence d'esprit d'obliquer à gauche, se diriger vers le torrent pour ne point s'égarer. Un aboiement? Ce qu'il avait entendu, n'était-ce pas plutôt une voix d'homme, imitant un cri animal tout en prononçant un mot? Ou mieux, un loup doué d'une forme de langage? Et Didier songea à la légende selon laquelle Jean-Loup Carignan avait fini par devenir loup et hantait désormais la forêt sous cette forme. La peur de Didier devint horreur.

C'est seulement rendu à la rive qu'il osa ralentir et regarder s'il était poursuivi. Une fraction de seconde il se crut sauf, mais le loup reparut à sa vue, franchissant d'un bond un arbre mort, paraissant surgir de la terre comme un démon.

La distance, toutefois, n'avait pas diminué, et Didier se remit à courir de plus belle. Le loup suivait sans peine, sans halètement — sans se presser, aurait-on dit. Seul était audible, parfois, le râclement de ses griffes sur une pierre ou une racine. Didier se voyait déjà rattrapé, renversé par le loup qui se jetterait sur lui de tout son poids, mordu aux bras et au cou, égorgé... Mais cela ne se produisait pas, et le garçon se demanda si ce loup ne s'amusait pas à le terroriser avant de le dévorer: il aurait pu rattraper sa proie depuis longtemps.

Un hurlement bref, venu de derrière mais de beaucoup plus loin, lui donna à penser que d'autres loups se joignaient à la chasse. Peut-être le premier attendait-il ses congénères pour se lancer à la curée?

Épuisé, Didier avait maintenant l'impression qu'à chaque respiration un souffle brûlant lui embrasait les poumons. Craignant par-dessus tout de trébucher et d'être ainsi livré aux crocs de la bête, il ne quittait pas des yeux le sol devant lui, pour repérer racines et cailloux.

Aussi il atteignit la route sans s'y attendre, ayant couvert la distance bien plus vite qu'il ne l'aurait cru possible. Il déboucha parmi une compagnie de soldats qu'il bouscula en tentant de s'arrêter, et quelques-uns tombèrent avec lui sur la terre du chemin.

— Les loups! Les loups! cria-t-il à bout de souffle, au milieu d'une pagaille incroyable.

Lorsque s'apaisa un peu la confusion (l'officier croyait à une attaque) et lorsque Didier se fut relevé, il tenta d'expliquer:

— Il y a un loup qui me poursuit!

Des mousquets se braquèrent vers la forêt, mais nulle bête ne surgit du sous-bois. Se pouvait-il qu'il ait abandonné la poursuite, et que Didier ait couru pour rien une bonne partie du trajet, lui qui s'imaginait traqué par une meute entière?

Quand même secoué, le garçon ne quitta plus les soldats, qui se dirigeaient vers Chandeleur. Sous les sourires moqueurs des fantassins, Didier jeta plusieurs regards nerveux vers la forêt; la route de Tirnewidd, songeait-il, était redoutablement défendue.

6

La butte aux pierres levées

Le soleil couchant n'illuminait plus que la cime des pins de la Butte-au-Corsaire, au confluent de la Kénistchouane. Sur le reste de la rive, la forêt dressait un mur, sombre dans la pénombre de cette fin de journée. À cette heure la Paskédiac était calme comme un lac.

— C'est mon coin favori, disait la cousine de Didier. Mon père l'appelle déjà l'Anse-à-Rébecca.

Ils s'assirent sur une grosse roche plate de la berge, les pieds pendant au-dessus de l'eau.

D'abord vexée de ce que son cousin soit parti seul cet après-midi, Rébecca avait vite retrouvé sa bonne humeur et, après le repas du soir, ils étaient allés se promener le long d'un sentier remontant la rive ouest de la rivière. Maintenant Didier la regardait à la dérobée, prenant le temps de la contempler pour la première fois depuis ce matin. Ses longs cheveux noirs, ses yeux sombres, même son profil avaient quelque chose d'amérindien — sauf peut-être un nez un peu pointu. Un sourire sur ses lèvres fines, elle se savait observée et y prenait plaisir, ses longs cils voilant l'éclat de son regard. Elle n'avait plus rien de la fillette que Didier, la veille encore, s'attendait à retrouver. Il lui prit la main.

Il ne lui avait pas parlé de son aventure près du torrent, pas plus que de l'épisode de la soirée précédente. Pourquoi infliger à Rébecca les soucis qui le préoccupaient? Peut-être même ne le croirait-elle pas, le soupçonnant d'inventer tout cela pour se rendre intéressant. Elle n'était pas du genre à avaler naïvement tout ce que lui raconterait un hâbleur.

— Il n'y a qu'à la fin du jour que l'eau est si calme, disait Rébecca. Et aussi à l'aurore.

Calme et parfaitement limpide, de sorte qu'on voyait presque jusqu'au fond, qui près de la berge était encore assez profond.

— C'est quoi, ces pieux dans l'eau? demanda le garçon.

— Des pilots. Il devait y avoir là un quai, bâti par les Indiens.

Un très ancien quai, alors, car les pilots avaient l'air de vieux troncs pourris, couverts de mousse, et seule leur disposition régulière évoquait une construction. Ils étaient entièrement submergés.

— On les voit seulement l'été, expliqua Rébecca, quand les eaux sont au plus bas.

— Il y avait un village indien par ici?

— Pas de mémoire de Français. Même les Abénaquis disent qu'il n'y avait personne ici. Ça doit remonter à des siècles.

Des siècles… Didier ne put s'empêcher de songer à Tirnewidd. Des siècles là aussi.

Le garçon se pencha un peu plus au-dessus de l'eau, scrutant les profondeurs en espérant voir comment les pieux étaient plantés. Est-ce qu'il ne distinguait pas…? Oui, des pierres, de gros piliers de pierre taillée, les pilots fichés en leur centre.

De la pierre taillée, comme celle des piliers du pont, là-bas, à Tirnewidd… Là encore, à la connaissance de Didier, les Indiens ne bâtissaient pas de quais aussi massifs: leurs embarcations étaient de celles qu'on tire sur la grève, tout simplement. Mais ce quai-ci, bâti pour recevoir de véritables bateaux et pour durer des siècles, ne pouvait-il avoir été construit par des gens de Tirnewidd, au temps où la cité était au coeur d'un puissant royaume? Peut-être avait-elle été plus importante jadis, peut-être s'étendait-elle jusqu'ici, à la rivière, ou tout près. Peut-être y avait-il encore une route reliant ce quai à Tirnewidd et franchissant le ravin grâce au pont que Didier et son père avaient vu hier. Et alors peut-être restait-il quelque chose, un sentier, que Rébecca pouvait connaître.

— Tu te promènes beaucoup aux alentours, tu m'as dit. As-tu découvert des… endroits intéressants, curieux?

La fille eut un sourire espiègle:

— Justement je voulais t'emmener voir les pierres levées, demain.

— Les pierres levées?

— Tu verras.

* * *

Réveillés à l'aube par le départ des soldats, qui avaient campé sur la grève, Rébecca et Didier avaient décidé de se mettre en route tôt eux aussi. Sauf que leur destination à eux n'était pas Granverger. Rébecca menant la marche, ils s'étaient enfoncés dans la forêt derrière Chandeleur, par un sentier qui commençait près des restes submergés de l'ancien quai.

— Les gens de Chandeleur ne viennent pas souvent par ici, disait Rébecca. Le passeur reste toujours auprès de son bac, et le maître de poste à son relais, au cas où passerait un courrier militaire. Mon père et son voisin sont trop occupés par leur terre et leurs porcs; ils n'ont pas le temps de chasser, l'hiver ils font plutôt de la trappe dans le voisinage.

— Alors il n'y a que toi qui fais de l'exploration?

— Quand ma mère m'en laisse le loisir.

Didier éprouva quelque admiration pour sa cousine: elle n'était certes pas une fille ordinaire, à parcourir ainsi le pays à cheval et à pied. Elle refusait de rester à la maison et de se laisser enfermer dans les rôles féminins.

— Et tu n'as pas peur, seule dans la forêt?

— Penses-tu! Un gros bâton pour tenir les ours à distance, c'est tout ce qu'il me faut.

Didier la regarda avec incrédulité. Elle marchait devant lui d'une foulée énergique et pourtant pas garçonnière, elle lui parlait sans se retourner, d'une voix claire et sonore.

— Et les Sauvages?

— Nous ne sommes pas à Montréal, répliqua-t-elle en riant, et les Abénaquis ne sont pas nos ennemis. D'ailleurs il n'y a pas de village dans la région.

Cette journée était aussi ensoleillée que la précédente. Le sentier, rectiligne, était bien dégagé; peut-être avait-il déjà été une route? Il permettait d'avancer rapidement, en tout cas, bien plus que la veille alors que Didier devait suivre la berge du torrent. De sorte qu'ils arrivèrent bien plus vite à une dénivellation qui devait être le prolongement de l'escarpement qu'avait atteint Didier la veille. Ce n'était ici qu'une côte pas très abrupte. En la montant, toutefois, le garçon n'était pas rassuré: il songeait au loup qui rôdait dans ce secteur de la forêt. Si c'était bien un simple loup…

Didier nota que Rébecca était nerveuse, elle aussi, elle ne parlait plus, scrutant le sous-bois autour et même derrière elle.

— Qu'est-ce qu'il y a?

— Je faisais la brave, tout à l'heure, mais en fait je ne serais pas venue seule aujourd'hui.

— Tu crains quelque chose?

— Les loups. J'avais souvent remarqué des pistes, j'en avais même aperçu un l'automne dernier. Mais la dernière fois que je suis venue, au début de l'été, il y en a un qui m'a couru après.

— Gris foncé? Avec des yeux très pâles?

— Oui, mais il y en a beaucoup comme ça. Le tien, hier, était de cette couleur?

«Elle en a entendu parler par les soldats», songea Didier, qui n'avait pas raconté sa mésaventure de la veille. «Elle a bien dû rire, s'ils lui ont décrit la scène.»

Les deux jeunes marchaient maintenant côte à côte, et moins vite qu'au début. La forêt, ici, était différente: pas très haute, quant aux arbres, mais touffue, et la vue ne portait pas très loin. Elle était plus jeune, comme si elle avait repoussé après un défrichement.

— Et ce que tu veux me montrer, demanda Didier qui n'aimait pas l'endroit, tu es la seule à l'avoir vu? Personne n'a jamais suivi ce sentier jusqu'au bout?

— Oh si. Sauf qu'il n'y a rien au bout du sentier. Il arrête net. Tiens, regarde.

Ils y arrivaient justement. Le sentier se rétrécissait rapidement et le sous-bois se refermait, dense, presque infranchissable. Parmi les arbustes qui poussaient là, il y en avait d'épineux. Portant encore les égratignures de la veille, Didier préféra ne pas s'y aventurer.

— J'ai essayé de contourner et d'aller plus loin, dit Rébecca, mais c'est risqué: on peut facilement se perdre quand le sous-bois est si touffu. Le sentier ne semble pas reprendre plus loin.

— Alors, ce que tu voulais me montrer?

Elle eut un sourire espiègle:

— Par ici.

Ils revinrent sur leurs pas, jusqu'à l'endroit où s'amorçait un autre sentier, à droite. C'était plutôt une sente, si étroite et peu marquée que Didier ne l'avait point remarquée en passant tout à l'heure; peut-être ne l'aurait-il pas vue même en la cherchant.

Après une certaine distance, le sentier s'attaquait à une nouvelle côte, plus abrupte celle-là, plus accidentée, et Didier réalisa qu'il s'agissait d'une butte. Elle n'était pas visible d'en bas, à cause de l'épaisseur du sous-bois.

Par endroits la marche devenait escalade, la roche remplaçait l'humus, la végétation se faisait plus clairsemée.

Enfin les deux jeunes parvinrent au sommet de la butte, qui constituait un plateau peu accidenté, couvert d'herbes; pas d'arbres, seulement quelques petits arbustes. Du côté opposé à celui par où ils arrivaient, la pente semblait plus douce, et plantée d'arbres.

Mais ce qui attira tout de suite l'attention de Didier, ce fut le monument au centre du plateau.

Monument ce devait être car jamais ces grosses roches n'auraient pu se retrouver ainsi naturellement. Il y avait un grand cercle de pierres hautes d'un mètre ou moins, et plus étroites, dressées verticalement. Au centre se trouvait une énorme roche à peu près rectangulaire, plus haute que large, grossièrement taillée. S'approchant en la contournant, Didier vit que le sommet était creusé et ouvert sur une face, comme pour former les appui-bras et le dossier d'un gigantesque siège. Un trône, plutôt, le trône d'un titan puisqu'il faisait deux fois la hauteur d'un homme.

— Qui a bien pu bâtir ça? demanda Didier à voix haute.

Mais en approchant il eut sa réponse: des caractères étaient gravés sur la face du monument, juste sous le siège, et ils étaient semblables à ceux que Didier et son père avaient vus, l'avant-veille, sur les tombes de Tirnewidd. Cette fois encore il ne put les lire, car ils n'étaient pas de l'aphabet latin.

— Sûrement, il a fallu beaucoup de monde pour dresser la pierre, disait Rébecca, mais ils n'ont pas eu à la monter depuis le pied de la butte. Il y a un grand trou dans le roc, au sommet de la côte, près d'où nous sommes passés. Je te montrerai: d'après moi c'est là qu'ils ont taillé cette roche.

Tout de même, simplement déplacer cette masse était un prodige: elle était si large que Didier, bras écartés, n'atteignait pas les deux arêtes d'une même face. Il passa ses mains sur la surface minérale comme si, à travers ce contact rugueux, il pouvait rejoindre les mystérieux bâtisseurs du monument.

— Tu as déjà grimpé dessus?

— Pas possible: il faut être deux, ou avoir une petite échelle. Une fois, j'avais commencé à en fabriquer une, avec des branches et des joncs tressés, mais je n'ai pu la finir en un après-midi et, quand je suis revenue quelques jours après, elle avait disparu.

Didier observait le faîte du monument — le siège, en quelque sorte — et se demandait quel panorama on découvrait de là-haut vu qu'on était au sommet d'une butte.

— Mais puisque je t'ai avec moi aujourd'hui, poursuivait Rébecca, nous allons pouvoir y grimper.

— Il faudra y aller chacun son tour. Tu veux monter la première?

— Pourquoi? Parce que je suis une fille? Allez, vas-y, toi; tu en meurs d'envie.

Ce disant, elle s'adossait au monument et présentait ses mains jointes comme premier échelon d'une courte-échelle. Elle riait des inquiétudes de Didier, qui répétait:

— Tu es sûre que tu es capable? Je ne te fais pas mal?

— Allez, monte, tu ne pèses rien. Fais seulement attention à mes cheveux.

Un peu gêné, sinon vexé, de la désinvolture de son amie, Didier, perché sur ses épaules, agrippa le rebord du siège en pierre et se hissa tant bien que mal. La blessure d'hier, à sa cuisse, lui arracha une grimace. Ses pieds cherchèrent une prise sur la surface rugueuse, ses coudes trouvèrent appui sur le siège et il finit par y prendre pied. Les «bras» et le «dossier» de ce trône cyclopéen étaient épais: le dossier, surtout, était large comme une table ou comme un autel.

Devant Didier, c'est-à-dire vers le dossier de ce trône rudimentaire, la forêt s'étendait en direction de la Paskédiac, moutonnement vert qu'il dominait entièrement. Là-bas il distinguait la tranchée que faisait la rivière dans la forêt, et il reconnaissait la Butte-au-Corsaire, au confluent de la Kénistchouane. Au-delà, les bois faisaient place à une contrée plate, herbeuse, où le soleil par endroits se reflétait sur le miroir plombé d'un marécage.

Didier se retourna, comme l'aurait fait un géant pour s'asseoir dans le siège. Dans cette direction, entre les arbres, il voyait les collines se succéder de plus en plus hautes, jusqu'aux montagnes Appalaches. C'était comme une mer verte, foncée par l'imminence de la tempête et figée en d'énormes vagues arrondies.

Et là-bas, au flanc de la plus proche colline, presque au bord d'une ravine qui se traduisait par une brèche dans la forêt, le château-fort de Tirnewidd. C'était lui, pas de doute, même si Didier avant-hier n'en avait vu qu'un mur et une tour. Pans de murailles crénelées, donjon massif et carré, tour élancée comme un clocher... Plus loin, à droite, une vaste clairière, le vallon où Didier et son père avaient vu la lumière du soleil couchant. Et, dans ce vert tendre où se devinait la géométrie des champs, quelques formes sombres et anguleuses qui devaient être des maisons. Le garçon n'avait donc pas rêvé, l'avant-veille, en croyant apercevoir une ville.

— Tu vois quelque chose? lança Rébecca.

Elle avait remarqué l'expression de son visage.

Didier ne répondit pas tout de suite, occupé qu'il était à repérer le chemin pour rejoindre Tirnewidd.

Soudain, un sifflement, un souffle brûlant devant son visage. Il recula d'un bond, instinctivement, comme si la foudre lui était passée sous le nez.

En même temps, Rébecca criait, un bref cri de surprise et de frayeur: au bord du plateau, à l'orée du bois, un homme était apparu. Un très vieil homme, longs cheveux gris en bataille, barbe et sourcils broussailleux. Il portait une robe ou une toge blanche, peut-être du cuir très fin, très souple et pâle. Il portait une serpe à sa ceinture, une grosse serpe à la lame antique, sombre. Et le haut bâton dans sa main gauche se terminait par une tête de loup sculptée dans le bois.

Son visage ridé, hostile, était maculé de rouge pourpre... Du sang.

Du coup, Didier se rappela la légende que lui avait rapportée son père, la légende du vieux mage qui hantait la forêt derrière Chandeleur, capturant les jeunes qui s'y aventuraient pour les immoler avec sa serpe. Et il se souvint aussi de quelque chose qui, jusque-là, ne lui était pas revenu: cette fameuse nuit dans les tombeaux de Tirnewidd, juste au moment de s'endormir — ou de s'évanouir — il avait entrevu un vieil homme qui descendait vers lui, sa tête auréolée d'une lueur spectrale.

Instantanément le garçon se sentit couvert d'une sueur froide. Le vieux pouvait-il l'atteindre au sommet de la grande pierre? Sans doute: c'était un mage, comment savoir l'étendue de ses pouvoirs? Ne venait-il pas de lancer la foudre vers Didier, peut-être d'un seul geste de son grand bâton?

Et puis il y avait Rébecca, au pied du monument; à cette pensée, Didier se lança dans le vide. Il se reçut sur ses pieds écartés, ploya les jambes et boula par en avant, sur le sol heureusement couvert d'herbes hautes. Mais sa blessure à la cuisse lui fit mal et quelques cailloux lui meurtrirent le dos.

Il se retrouva assis, face à face avec... un loup. Pendant sa culbute, la bête avait surgi aux côtés du vieil homme. À quelques mètres seulement, Didier le reconnaissait: yeux pâles, pelage gris fer mêlé de poils blancs. Il eut une exclamation de surprise et de terreur; un peu étourdi par la chute, il tenta de se relever. Deux mains vigoureuses le prirent sous les aisselles et l'aidèrent: c'était Rébecca, accourue à son secours, elle qu'il avait voulu protéger en sautant héroïquement pour aller lui faire un rempart de son corps.

Tiré par la main, il la suivit dans une fuite éperdue, tandis que le vieux mage brandissait sa serpe et faisait mine de les poursuivre.

Sifflement, un nouveau trait de feu au-dessus de la tête de Didier; il en sentit la chaleur sur son cuir chevelu.

Comme la veille il entendit ce son à mi-chemin entre un jappement et une voix humaine; on eût dit un loup essayant de parler.

Didier regarda derrière, juste avant de s'engager dans le sentier escarpé: le loup trottait après eux, sûr de rattraper ses proies. Le vieux mage tendait vers eux son bâton, en abaissant le bout comme s'il visait avec une arme.

Didier trébucha, ramena son regard devant lui; sans la main de Rébecca il serait tombé et se serait cassé la figure sur une roche. À côté de lui un nouveau trait de feu siffla, laissant une trace fumante parmi les branches des arbustes.

Bondissant de roche en roche, les deux jeunes gens dévalèrent la butte, convaincus qu'ils allaient périr sous la foudre du vieux mage et que le loup les dévorerait tout rôtis.

* * *

Le loup ne les avait pas rattrapés, comme il n'avait pas rattrapé Didier la veille: il s'était contenté de les suivre afin de s'assurer qu'ils s'éloigneraient pour de bon.

Et ils n'avaient pas été brûlés par les traits de feu que lançait le terrible vieillard. (De la foudre, vraiment? Sans aucun bruit?) De fait, le vieillard n'avait pas semblé quitter le plateau où se dressait le monument.

Maintenant, alors qu'ils approchaient de Chandeleur, exténués, Rébecca et Didier réfléchissaient à tout cela.

— C'est peut-être un lieu sacré, disait le garçon. Selon mon père, Jean-Loup Carignan racontait que ce vieux était prêtre d'un culte païen. Peut-être qu'il s'en prend à tous ceux qui violent son sanctuaire.

— Oui mais s'il y a un prêtre et un culte, il devrait y avoir des fidèles.

«Le peuple de Tirnewidd, songea immédiatement l'adolescent. Le vieux mage est de Tirnewidd, je l'ai aperçu dans la crypte.»

C'était sûrement lui qui, par un sortilège, avait endormi Didier et son père. Peut-être avaient-ils commis un sacrilège en pénétrant dans les cryptes funéraires de Tirnewidd. En ce cas, pourquoi n'avaient-ils pas été châtiés?

— C'est comme si la butte aux pierres levées avait son gardien, observa Rébecca. Pour décourager les gens d'y aller, pour les empêcher de grimper. J'avais pratiquement renoncé à m'aventurer par là, à cause du loup.

— C'est le loup qui aurait enlevé ton échelle l'autre fois?

— Plutôt le vieil homme. Et le loup serait sous ses ordres.

Ils se turent. La course les avait fort essoufflés et la discussion n'éclaircissait pas le mystère. Mais Didier, lui, entendait bien l'éclaircir en retournant à Tirnewidd.

7

Tirnewidd

Le lendemain, Didier partit sans Rébecca. Sa propre attitude lui donnait un peu de remords. Après tout, sans elle, il n'aurait pu repérer Tirnewidd et entreprendre d'y retourner. C'était elle qui, par sa connaissance de la région, l'avait remis sur la bonne voie.

Il ne lui avait même pas parlé de ce qu'il avait vu du haut du monument, comme si la cité inconnue était son secret à lui, et que l'exploration de Tirnewidd devait lui revenir.

Il partit presque en cachette, profitant de ce que sa cousine était retenue à la maison. En effet, tout Chandeleur était mobilisé par les événements de Granverger. Le commandant du fort de Neubourg, avec quelques artilleurs et un envoyé du gouverneur, faisaient étape ce midi à Chandeleur. Il fallait de la main-d'oeuvre supplémentaire au bac pour faire traverser le canon, au relais pour soigner les chevaux, à l'auberge pour servir les militaires, de sorte que Rébecca se retrouvait seule à la maison avec ses petites soeurs.

Didier, lui, s'était habilement soustrait à cette mobilisation et, à l'heure où le soleil était le plus haut dans le ciel, il avait pris le chemin que sa cousine lui avait montré la veille. Il comptait rentrer au crépuscule. Son plan était audacieux car, outre le danger de rencontrer à nouveau le loup et le vieil homme, il risquait de s'égarer dans la forêt. Il projetait en effet de suivre le chemin jusqu'au bout et, de là, prendre à droite à travers bois pour rejoindre un sentier qui, supposait-il, devait relier la butte à la cité de Tirnewidd. Si la butte aux pierres levées était pour les gens de la cité un lieu sacré, un genre de sanctuaire, il devait exister un tel sentier, plus direct et moins difficile que la sente empruntée la veille par Rébecca et Didier.

Chemin faisant, le garçon s'avouait qu'il aurait dû attendre que Rébecca puisse l'accompagner. Non seulement parce qu'il avait tort d'agir ainsi, en égoïste et en cachottier, mais aussi parce que la présence de sa cousine l'aurait rassuré. Il enviait sa hardiesse, son sang-froid peu communs, et se sentait moins brave en son absence. Ensemble ils auraient pu se donner du courage.

Didier parvint enfin à l'endroit où le chemin se rétrécissait et disparaissait; nerveux, inquiet, il avait l'impression que le trajet était plus long que la veille. Grimpant à un petit arbre au bord du sentier, il parvint à distinguer, entre les feuillages, le sommet de la butte aux pierres levées. Elle était dépassée et, en s'engageant dans la forêt à droite du chemin, le garçon pensait atteindre la pente ouest de la butte, là où, selon lui, un sentier devait descendre vers Tirnewidd.

Il avait raison, mais vint un moment où Didier crut vraiment s'être trompé: le sous-bois, terrain inégal couvert de broussailles et d'arbustes, rendait la marche longue et difficile. Seul le soleil lui indiquait qu'il avançait à peu près dans la bonne direction. Il avait l'impression affolante d'être prisonnier de la brousse lorsqu'il déboucha enfin sur un sentier, dans un secteur où la forêt devenait plus dégagée.

Comme il l'avait prévu, ce sentier vers la droite gravissait doucement la butte, tandis que vers la gauche il prenait la direction présumée de Tirnewidd. Didier s'y engagea avec un enthousiasme renouvelé, oubliant presque les périls de la veille.

Et c'est sans encombre en effet qu'il atteignit le ravin au fond duquel coulait le petit torrent. Le sentier bifurquait et, à quelques mètres vers la droite, rejoignait le vieux pont qui avait tant intrigué Didier et son père quelques jours plus tôt. L'adolescent reconnaissait les lieux. Devant lui, entre les arbres vieux, il distinguait la masse de la colline où se dressait le château, sa muraille sombre évoquant une petite falaise. À droite, la zone plus claire du vallon défriché.

Quittant le sentier par prudence, il s'avança entre les arbres, plus jeunes de ce côté. Il parvint à l'orée de la forêt et, de derrière un buisson, contempla la clairière.

De plus près la réalité était différente de ce qu'il avait imaginé, la veille, en apercevant Tirnewidd. Les terres étaient en friche, couvertes d'herbes hautes qui n'étaient sûrement pas cultivées; même quelques arbustes commençaient à y pousser. Plus loin seulement on apercevait quelques champs, et des prés où paissaient moutons, vaches et de rares chevaux.

Les maisons, les maisons que Didier avait cru apercevoir l'autre soir, étaient bien là. Mais c'étaient des ruines, des structures de bois sombre aux toits effondrés, aux poutres penchées, leur charpente servant d'abri aux oiseaux de nuit.

«Abandonnée!» réalisa Didier, consterné. Comme si Tirnewidd avait été sa ville natale et qu'il la trouvait déserte, ruinée, au retour d'une très longue absence. En tout cas cela expliquait pourquoi, le premier soir, Didier avait cherché en vain les lumières de la cité. Si, tel que l'indiquait la présence de modestes troupeaux, la cité était encore habitée par quelques personnes, elles devaient résider au château.

Le garçon tourna son regard vers la gauche, vit avec étonnement que l'édifice était parfaitement visible d'où lui se trouvait. Seuls quelques arbres jeunes poussaient sur la pente douce devant le château. Ils ne réussissaient pas à masquer une autre réalité consternante: cet édifice était lui aussi en ruines.

Quelques jours plus tôt, Didier et son père n'en avaient vu qu'un mur et la base d'une tour, étant trop proches pour en avoir une vue globale. Hier, Didier l'avait vu de loin, durant quelques secondes seulement, avant que le vieux mage ne lui lance un trait de feu. Aujourd'hui il voyait le château de près, et dans sa totalité. Murailles ébréchées, éboulées par endroits, tours écroulées, toits défoncés par les intempéries, cheminées tronquées. La tour dans laquelle Didier et son père s'étaient réfugiés, une tour d'angle, paraissait la mieux conservée; elle était pourtant lézardée vers le haut.

Didier se sentait le coeur gros, comme si, toute sa jeunesse, on lui avait raconté des légendes fabuleuses au sujet de cette cité, et qu'il découvrait enfin que c'étaient des mensonges. Pourtant, les histoires, c'est lui-même qui se les était racontées, laissant son imagination bâtir un royaume formidable autour des simples racontars d'un coureur de bois.

Il résolut d'en avoir le coeur net. À l'abri des arbres, il s'approcha du château — d'ailleurs, ce n'avait jamais dû être un bien gros château. Changeant ainsi de position, il fut en mesure d'apercevoir, dans le vallon, des gens qui jusque-là lui avaient été cachés par deux maisons proches. Ils étaient moins d'une dizaine, travaillant aux champs. Leur costume tenait à la fois de la mode amérindienne et de l'européenne, mais Didier ne pouvait voir de détails. Toutefois il constata que c'était des blancs, bronzés comme l'étaient les paysans travaillant au soleil, mais pas aussi bruns que des Amérindiens. Leurs cheveux étaient généralement sombres, quoiqu'il y eût quelques têtes châtaines.

Didier préféra rester caché, ne sachant quel accueil on ferait ici à un intrus. Sous le couvert des arbres, il se rendit jusqu'à la tour d'angle où lui et son père étaient entrés l'autre soir. Puis il suivit le pied du rempart, jusqu'aux marches menant à la porte du château. Flanquée de deux tours, elle donnait sur un couloir voûté, large et court. Jetant un coup d'oeil vers les champs pour s'assurer qu'il n'était pas vu, Didier se risqua à gravir l'escalier.

Il entra dans le château de Tirnewidd.

Au centre, une cour à ciel ouvert. À gauche, un édifice évoquant une petite église; à droite, une tour carrée et massive, le donjon; au fond, un bâtiment long et bas adossé au rempart est. Entre les dalles de l'esplanade, des herbes poussaient; sur certains murs grimpait du lierre.

Tout était sombre, pierres vieilles et arches antiques. Des siècles, peut-être des millénaires, avaient imprégné ces murailles au point que Didier se sentait écrasé en dépit de la modestie des édifices.

Et, malgré l'état de détérioration du château, ce n'était pas une ruine, on y habitait: il y avait des rideaux aux fenêtres, des outils près d'un jardin cultivé au pied du donjon. Mais pour l'instant il semblait n'y avoir personne.

Qui vivait là? Qui était venu sur ce continent des siècles avant les Français et les Anglais? Qui y habitait depuis si longtemps que même les Amérindiens n'en parlaient plus?

Hésitant à entrer dans le donjon, qui manifestement servait de résidence, Didier songea à visiter ce qui ressemblait à une petite église, pour y chercher la preuve que c'étaient des chrétiens.

Il ne faisait pas clair dans la cour intérieure du château, à l'ombre du donjon. Le garçon longea une arcade jusqu'au porche sur le côté du bâtiment. Il y parvenait, lorsque, d'une allée étroite et sombre, surgit le vieil homme de la forêt. Didier n'eut que le temps de voir son expression sévère, hostile. Il tourna les talons et s'élança vers la sortie, mais se figea à nouveau: entre lui et la porte se tenait le loup, le même que les autres fois, grondant et le fixant de ses méchants yeux pâles. Affolé, Didier retourna la tête vers le vieillard, puis vers le loup, se demandant quel péril affronter, ou s'il devait courir vers ce passage sombre qu'il apercevait à gauche du donjon. Mais il n'eut pas le temps de décider: un sac lui fut brusquement passé sur la tête. Aveuglé, il se sentit jeté au sol et immobilisé sans ménagement. Il se débattit avec l'énergie du désespoir mais, étouffant à demi, écrasé par le poids d'un homme, il ne put rien contre les courroies qu'une autre personne lui serrait autour des chevilles et des poignets. Celui qui le ligotait, Didier le devinait, c'était le vieil homme à la serpe, celui qui selon la légende immolait les jeunes aventuriers en leur arrachant le coeur.

*   *   *

Les heures suivantes furent pour Didier des heures d'angoisse. La cagoule qui lui recouvrait la tête, une sorte de sac en cuir grossier, avait été desserrée assez pour qu'il puisse respirer, mais pas suffisamment pour qu'il parvienne à s'en débarasser. Assis à même le sol, il avait été adossé et attaché à une colonne, une de celles de l'arcade, sans doute, car on l'avait à peine déplacé après sa capture.

Et, pour le cas où il serait parvenu à se défaire de ses liens, on avait confié au loup la tâche de le surveiller: Didier entendait, non loin de lui, le souffle régulier de la bête, et un grondement occasionnel.

Quelque temps après sa capture, le garçon avait entendu des gens se réunir dans la cour intérieure du château. Une dizaine de voix peut-être, masculines et féminines, toutes adultes, certaines trahissant un âge avancé. Tous ces gens parlaient une langue qui était parfaitement étrangère à Didier. Ce n'était sûrement pas un dialecte amérindien, il en aurait reconnu les sonorités. Peut-être était-ce de l'anglais? Mais Didier avait déjà entendu des prisonniers anglais à Neubourg, deux ans plus tôt, et ce ne lui semblait pas non plus la même langue.

Ces gens délibéraient, certains avec âpreté, d'autres avec plus de modération, et Didier eut l'impression qu'on discutait de son sort, peut-être du châtiment à lui infliger. Il espérait vaguement que certains citoyens prennent sa défense, par exemple cet homme à la voix autoritaire qui semblait présider le débat. Mais la discussion se termina sans que Didier sache si les modérés l'avaient emporté ou si on avait décidé de le tuer.

La petite assemblée parut se disperser. Didier n'entendit plus que des voix éloignées et il resta seul avec son garde le loup.

D'après ce qu'entendit le captif, les gens de Tirnewidd étaient allés souper, dans les parties du château qu'ils habitaient. Toutefois, ce qui tenaillait Didier, ce n'était point la faim mais plutôt l'angoisse, telle une main glacée lui fouillant les entrailles.

Il se maudissait d'être venu ici seul, sans prévenir quiconque. Sa propre imprudence l'atterrait, maintenant qu'il se trouvait plongé dans cette situation critique. Ce n'était pourtant pas faute d'avoir été prévenu: la flèche qui lui avait barré le chemin l'avant-veille, l'apparition du vieil homme hier, le loup qui chaque fois l'avait chassé sans tenter de l'attraper... Le message était clair: ne pas approcher. Et maintenant, si la légende disait vrai, la témérité du garçon allait être punie d'horrible façon.

Sous sa cagoule, Didier n'avait aucune notion du temps. Il lui semblait être prisonnier depuis des heures lorsqu'il se rendit compte que les gens de Tirnewidd sortaient de leurs logis, traversaient la cour et passaient près de lui. Il garda le silence, encore trop fier pour supplier; et, du reste, qu'aurait-il dit, lui qui ne connaissait pas leur langue?

Une lourde porte fut ouverte, près de lui, il devina que c'était celle de la chapelle, ou du temple, quoi que ce fût. Elle se referma et, peu après, il entendit les voix prononcer en choeur des oraisons. Ou du moins ce lui sembla tel: un rite, un genre de cérémonie, avec des chants sans musique et des déclamations. Mais toujours dans cette langue étrangère, heurtée, gutturale, de sorte que Didier ne pouvait s'empêcher d'y voir un culte païen — auquel cas il avait eu tort de croire que c'était une église.

Un culte païen... donc peut-être des sacrifices, des immolations? Le vieil homme à la serpe n'avait pas de sang sur le visage tout à l'heure; mais hier...

Encore une fois, Didier tenta désespérément de rompre ses liens, mais en vain: les mains qui l'avaient ligoté étaient expertes.

Et toujours l'écho de ces chants inquiétants, résonnant sous la voûte du temple comme dans une caverne. Il ne put s'empêcher de songer au légendaire sorcier Davard qui, un demi-siècle plus tôt, immolait des enfants dans les cavernes sous son manoir.

Les chants se turent bientôt, les gens de Tirne-widd sortirent et s'affairèrent dans la cour. Quelqu'un s'approcha de Didier et il sentit qu'on relâchait les liens de ses pieds, mais juste assez pour qu'il puisse les écarter d'une enjambée. Puis on le détacha de la colonne où il était adossé et on le mit debout.

Le garçon crut que c'était sa seule chance de fuir. Mais au premier élan il trébucha, sa courroie trop courte pour lui permettre de courir, et il tomba en pleine face. Gémissant, le visage meurtri, il entendit le loup gronder juste au-dessus de lui. Il se crut sur le point d'être égorgé mais une voix d'homme, ferme et tranchante, rappela la bête. Cette voix ne prononça pas un mot mais plutôt un son, comme l'imitation d'un jappement.

Didier ne tenta plus de s'enfuir.

On le mena vers la sortie du château et, sous le passage voûté, on lui retira sa cagoule pour lui permettre de voir où il marchait. Deux mains vigoureuses le tenaient par derrière, une par le bras, l'autre par les cheveux, celle-là lui interdisant de tourner la tête.

Devant lui les gens de Tirnewidd descendaient les quelques marches sortant du château. Chacun portait un flambeau allumé. En émergeant à l'air libre, toutefois, Didier se rendit compte qu'il ne faisait pas encore nuit. Le soleil se couchait, entre deux montagnes basses, et allumait le vert tendre du vallon.

Le groupe, formant plus ou moins une procession de deux rangs, prit la direction du pont enjambant la ravine. L'ombre déjà y était dense, on distinguait à peine, au fond, l'écume du torrent.

Un bref instant Didier craignit qu'on l'y précipite, pour qu'il se rompe les os sur les roches, mais les gens de Tirnewidd ne manifestaient pour le moment aucune agressivité.

Ils échangeaient quelques paroles et Didier, faute de mieux, tentait de voir quels gens c'étaient. Hommes, femmes, tous adultes, il ne paraissait pas y en avoir un en bas de la vingtaine. Celui qui marchait en tête et semblait le chef était l'un des plus vieux, quoique encore vigoureux. Le vieillard à la serpe allait à ses côtés avec son bâton de marche décoré d'une tête de loup.

Didier comprit vite où on l'emmenait: ce sentier était celui par où il était venu dans l'après-midi, celui qui menait à la butte aux pierres levées. Cela ne le rassura guère.

La noirceur était complètement tombée lorsque la petite cohorte parvint au sommet du plateau et que le feuillage, éclairé par les flambeaux, fit place au ciel étoilé.

Inondant le cercle de pierres de sa lumière spectrale, la lune fut la première chose que remarqua Didier. Elle était pleine, ou presque. Sous cet éclairage, la robe du vieil homme paraissait blanche, et sa serpe y tranchait comme un croissant de nuit. Un frisson secoua Didier, au point que ses geôliers crurent à un geste de rébellion.

Ensuite seulement, le garçon remarqua l'échelle appuyée au grossier monument, et la grosse corde qui semblait encercler la pierre près de son sommet, juste sous le siège.

Le chef et le vieillard discutèrent un instant puis, tandis que les gens de Tirnewidd formaient un demi-cercle devant le monument, Didier fut poussé vers l'échelle. Deux hommes y montèrent devant lui et on le contraignit à poser un pied sur le premier échelon. Il se débattit, rua en criant, mais, à quatre, deux le soulevant et deux le hissant, on parvint à le monter sur la plateforme de pierre.

Devant lui, l'épais dossier du «trône» lui paraissait plus que jamais être un autel, une table de sacrifice sous la clarté froide de la lune.

Il n'avait pas tort: on l'étendit sur le dos, à même la roche, et on l'immobilisa dans cette position en nouant ses liens à la corde qui encerclait le monument.

Et comme il ne cessait de crier, on lui enfonça un bâillon dans la bouche.

Tout était prêt, tout était conforme à la légende; même la pleine lune était au rendez-vous...

8

Sous la serpe du vieux mage

En proie à la terreur, Didier se rendait compte qu'il n'avait jamais vraiment cru à la légende jusqu'à aujourd'hui, jusqu'au moment où le vieil homme avait surgi devant lui dans la cour du château et qu'on l'avait capturé. Maintenant il allait devenir un de ces jeunes imprudents dont parlaient les racontars, ceux qui s'aventuraient dans la forêt et qu'on ne revoyait plus vivants, plus du tout.

Épuisé par ses efforts, il finit par renoncer à toute lutte et sanglota sans retenue.

Les hommes de Tirnewidd étaient redescendus, sauf leur chef, qui maintenant tournait le dos au captif. Éclairé par le demi-cercle de flambeaux, il s'adressa à ses gens — à ses sujets, aurait-on dit, comme s'il était le dernier roi d'un royaume déchu. Longtemps il leur parla, parfois avec ferveur comme s'il évoquait le souvenir d'exploits glorieux, la mémoire de héros légendaires, parfois avec mélancolie comme s'il pleurait le déclin de son peuple et la ruine de la cité. De temps à autre, les gens redisaient une de ses phrases, en choeur, comme si cette déclamation était un rite souvent répété, un genre de cérémonie.

Didier s'était calmé, espérant contre toute raison qu'il s'était trompé, qu'on n'allait pas vraiment le tuer: le ton du chef n'était ni haineux, ni furieux, rien dans son attitude n'annonçait un acte de barbarie.

Mais lorsque le chef eut terminé, et qu'après les acclamations le vieil homme apparut à ses côtés, Didier perdit ce mince espoir: la figure du vieillard exprimait la rancune, la malveillance, et dans sa main il tenait la sinistre serpe.

Ces gens devaient être là pour accomplir un rite sanguinaire; leur victime, Didier, était venue elle-même se jeter entre leurs mains.

Le garçon hurla dans son bâillon, ce cambra avec toute l'énergie dont il était capable et tenta de se retourner. Il sentit ses liens céder, mais à peine.

— Silence! Et ne bouge plus!

Le captif se figea en sentant la pointe de la serpe sur sa gorge. Mais ce qui l'avait sidéré tout autant, c'était que l'ordre du vieillard avait été prononcé en français.

Non un français parfait, comme si le vieil homme ne parlait pas souvent cette langue; mais du français quand même.

Sachant qu'il serait compris, Didier voulut parler, supplier le vieillard de l'épargner. Mais au premier son la pointe de la serpe s'enfonça un peu dans la peau de son cou.

— Silence! tonna le vieil homme. Tu as reçu des mises en garde, plus que tu n'en méritais. Mais tu t'es obstiné à venir, tu as profané ce lieu sacré, tu es entré dans notre cité sans y avoir été invité.

Le vieillard donnait libre cours à sa colère, il scandait chaque phrase en agitant son bâton. Toutefois il avait retiré la serpe du cou de sa victime.

— À cause de toi la paix de la cité sera violée, peut-être brisée à jamais.

Il entreprit de retirer à Didier son bâillon.

— Tu sais que tu seras châtié, n'est-ce pas? N'as-tu jamais entendu la légende?

— Ou... Oui, répondit le garçon, la gorge sèche.

— Tu as entendu parler de moi?

— Oui. Mais...

— Et qu'arrive-t-il aux téméraires de ton espèce?

— Je ne pensais pas mal agir! cria Didier. La forêt est à tout le monde!

Mais la serpe lui coupa à nouveau la parole.

— Je suis le gardien de cette forêt. Ton châtiment sera la mort!

— *Nooon!* hurla Didier, tandis que la serpe était brandie au-dessus de lui, la lueur des flambeaux éveillant un reflet rougeâtre sur le métal sombre.

Un murmure parcourut l'assemblée.

La serpe ne s'abattit pas.

Elle revint se poser sur la poitrine du garçon, sa pointe perçant la chemise pour glacer sa peau.

— À moins, ajouta le vieillard d'une voix moins haineuse... À moins que tu ne fasses un serment, ici, maintenant, sur cette pierre même où je devrais t'immoler.

— Je promets! Je promets! haleta Didier en cherchant son souffle.

— Jure-moi, jure devant le peuple de cette cité et son chef, jure que jamais tu ne parleras à quiconque de ce que tu as vu.

— Je le jure! répondit le garçon sans penser une seconde à biaiser.

— Ni la cité, ni ce lieu sacré où nous sommes, ni même le chemin qui y mène. Et, mieux, tu décourageras quiconque de croire à leur existence.

— Je le jure!

La voix du vieillard s'adoucit:

— Je me suis porté garant de la paix de cette cité et de ses habitants. En te laissant la vie sauve, je te lie à ce voeu: que jamais des intrus ne viennent en cette cité, et qu'elle meure en paix quand son heure sera venue.

— Je le jure!

Didier pleurait, maintenant, secoué par ces instants de terreur.

Mais une voix claire trancha la nuit:

— Laissez-le! Tout de suite, ou je vous abats!

Rébecca! Didier tourna la tête, vit sa cousine faire irruption sur le plateau et sauter lestement sur une des pierres levées où elle se maintint en équilibre. De ce perchoir elle dominait les gens de Tirnewidd et pouvait aisément viser le vieil homme. Car elle était armée: le mousquet de son père, pointé sur le vieillard, luisait d'un éclat glacé sous la lune.

— Détachez-le!

Apparemment déterminée à faire feu si nécessaire, elle gardait presque son calme. Seul le ton un peu trop aigu de sa voix trahissait une certaine nervosité. Toutefois, dans ses mains, l'arme ne tremblait pas.

Rébecca! Didier était sans voix pour s'exclamer et exprimer la joie, le soulagement, la gratitude qui gonflaient sa poitrine.

Au-dessus de lui, le vieil homme éclata de rire. Non pas un rire sinistre, ni cruel, mais un rire bon-enfant. Évanouies l'hostilité et la malveillance que son visage exprimait un moment plus tôt.

— Baisse ton arme, ma belle enfant, je n'ai jamais eu l'intention de faire du mal à ton ami. Cela, nous en avions décidé dès cet après-midi; le chef et la plupart de ses gens voulaient l'épargner. J'entendais lui faire une grande peur, simplement. Et, ma foi, j'ai bien réussi.

Ce disant, il remettait à sa ceinture la terrible serpe. Il passa un doigt sur le cou du garçon, l'en retira rougi.

— Une goutte de sang, voilà tout ce que je lui ai pris. Et un serment, c'est ce que je voulais.

— Je n'en crois rien, rétorqua la fille sur un ton ferme. Je l'entendais hurler à une lieue dans la forêt.

Le vieillard rit à nouveau tandis que Didier rougissait, terriblement gêné. Les vieilles mains osseuses entreprirent de dénouer ses liens.

— Je n'aurais pas fait de mal au fils de Luc Bertin. Car tu es bien son fils, n'est-ce-pas?

— Comment le savez-vous? s'étonna Didier.

— Je l'ai reconnu. Plutôt grâce à toi, qui lui ressembles beaucoup lorsqu'il avait ton âge.

— Où nous avez-vous vus?

— Dans la crypte funéraire, l'autre nuit. Nous vous avons endormis et ramenés à la route de Chandeleur, en espérant que vous oublieriez le chemin de la cité. Peut-être même que vous croiriez avoir rêvé.

— Mon père a cru cela. Ou c'est ce qu'il a prétendu.

— Malheureusement, toi, tu t'es entêté! fit le vieillard en reprenant un instant sa grosse voix et son air courroucé. Même mon apparition, hier, ne t'a pas découragé.

Ses poignets libres, Didier put se redresser et s'asseoir, défaire lui-même les courroies à ses chevilles. En bas, Rébecca avait abaissé son arme mais restait sur ses gardes, ne perdant pas un mot de cette histoire que Didier lui avait cachée en partie.

— Vous nous aviez endormis comment, dans la crypte?

— Hé hé! ricana le vieux. La légende ne raconte-t-elle pas que je suis un mage? J'ai quelques petits sortilèges...

— La fumée... se rappela Didier. Et cette odeur... Les Indiens connaissent certaines herbes...

— ... magiques, continua le vieillard. Et moi je connais leurs secrets.

— Et les traits de feu, hier? demanda Rébecca d'une voix soupçonneuse. Didier croyait que vous lanciez la foudre avec votre bâton.

— Hé hé hé! Pas mal réussi, hein?

Enfin libre, le garçon se remit sur ses pieds. Mais Rébecca, en bas, estimait que l'histoire n'était pas terminée. À nouveau elle leva son mousquet:

— Moi, j'ai encore quelques questions. Qui sont ces gens? Des espions anglais? Une avant-garde de la troupe qui est près de Granverger?

Le vieil homme fronça les sourcils, ignorant apparemment ces événements.

— Les affaires des Français et des Anglais ne concernent pas les gens de la cité. Ils sont arrivés sur

ce continent bien avant, ils sont ici depuis huit siècles.

— C'est Tirnewidd, n'est-ce pas? demanda
Didier avec ferveur. C'est bien elle?

— Oui, Tirnewidd, celle que les Abénaquis
protégeaient de leur silence et que j'ai découverte il y
a quarante ans. Ce fut jadis une grande cité, et toutes les tribus entre le fleuve et la mer la respectaient.
Maintenant elle n'aspire plus qu'à la paix de l'oubli.

— Mais d'où sont-ils venus, qui sont-ils?
demanda le garçon en désignant les gens au pied du
monument.

— Ils se nomment les Gaëls, et leur chef est
Sinn O'Gwain. Ils sont venus d'un pays qu'on
appelle maintenant l'Irlande, je crois, si j'ai bien
interprété leur histoire.

Le vieil homme se tut, comme s'il hésitait à en
dire plus long sur le secret de la cité. Mais Rébecca fit
un geste impatient avec son mousquet et insista sur
un ton tranchant:

— Ensuite?

— Ils avaient fui l'invasion de guerriers blonds
venus du nord, les Normands. Leurs pêcheurs connaissaient le Nouveau Monde, et l'embouchure du
grand fleuve qu'on appelle maintenant Saint-
Laurent. Ils le remontèrent jusqu'au Cap-au-Loup,
guidés par une vision de leur chef, et choisirent d'ac-
coster sur la rive ouest de la Paskédiac, tout près de
l'endroit où se trouve maintenant Chandeleur.

115

Didier revit les vestiges engloutis du quai, au bord de la rivière, et imagina l'époque où Tirnewidd était puissante, ses navires sillonnant la rivière et le fleuve pour commercer avec les nations indiennes.

— C'est justement la fondation de Tirnewidd que nous commémorons ce soir, comme chaque année à cette époque. Les Gaëls firent une si bonne traversée, il y a huit siècles, qu'ils crurent avoir été protégés par une puissance surnaturelle — Dieu, peut-être, car ils étaient chrétiens. Alors ils construisirent sur ce plateau un trône symbolique, d'où leur gardien pouvait observer et protéger la cité.

— Mais comment se fait-il qu'on ne les ait jamais rencontrés? demanda Rébecca, encore méfiante.

— Quand Champlain a fondé Québec, quand Davard a fondé Neubourg puis Granverger, Tirnewidd était depuis longtemps sur son déclin. Sa population s'était dispersée parmi les tribus indiennes voisines et il n'y habitait plus que quelques familles. La forêt avait recommencé à pousser là où jadis il y avait des champs. Les Gaëls ne demandent que la paix, c'est pourquoi j'ai exigé du garçon — il lui mit la main sur l'épaule — qu'il garde secrète leur existence, comme je l'ai fait. Sinon des gens viendront, des curieux, des aventuriers, puis des officiers du gouverneur qui les importuneront et leur réclameront des comptes.

— Ce serment, vous le lui avez extorqué sous la menace de mort, répliqua la fille.

— Rébecca! protesta doucement son cousin.

— Moi, je n'ai rien promis.

— Arrogante! tonna le vieil homme. Tu es donc si sûre de toi, avec ce fusil?

Ce disant il pointa son bâton vers le mousquet. Une gerbe de feu éclata sur la crosse de l'arme. Avec une exclamation effrayée, Rébecca sursauta et, par réflexe, jeta le mousquet au sol.

Le temps de réaliser qu'il s'agissait simplement d'une flèche enflammée fichée dans le bois de la crosse, elle sauta de sa pierre pour le récupérer. Mais un loup bondit dans le cercle, et la fille recula. C'était *le* loup, le fameux loup; il lui interdisait de reprendre l'arme.

Une fois encore la voix avait résonné, la voix qui commandait au loup et que Didier, au début, avait cru être la voix de la bête elle-même.

Didier scruta la forêt, au bord du plateau, distingua une flamme entre les arbustes, et une vague silhouette humaine.

— Les traits de feu! fit-il à mi-voix, et le vieil homme rit sur le même ton.

— Un archer très habile. Tu as déjà fait connaissance avec ses flèches, je crois.

Puis, haussant la voix:

— De Bertin j'ai déjà obtenu un serment, il le respectera s'il est un homme de parole, et de cœur, s'il a quelque gratitude envers les gens de Tirnewidd qui lui ont laissé la vie sauve deux fois déjà. De toi, fille, j'exige le même serment, sinon la légende sera vraie: vous serez les deux premières victimes du mage de la forêt.

— Il n'y en a pas eu d'autres? s'étonna Didier.

— Il ne faut pas croire tous les racontars des coureurs de bois. Cette légende-là, c'est moi qui l'avais inventée, après avoir décidé de m'établir ici, et je l'ai répandue pour éloigner les curieux de la région. Hier, j'ai joué le personnage pour bien vous effrayer; je me suis même enduit du sang d'un écureuil.

Cependant, Rébecca reprenait déjà son assurance:

— Si je disparais, si je ne retourne pas à Chandeleur, mes gens vont me chercher dans toute la forêt.

— Où ont-ils cherché le jeune Bertin, s'ils se sont mis à sa recherche? répliqua le vieil homme.

— Sur la route de Neubourg, sur le bord de la rivière.

— Tu es seule à avoir pensé au chemin qui mène ici, n'est-ce pas? Parce que peu de gens à Chandeleur le connaissent. Quand ils y penseront il sera tard. Ce sera demain, ou après-demain, et ils ne trouveront peut-être pas la butte, si même ils viennent si loin.

Rébecca se troubla.

— Et ils n'iront pas chercher si loin, insista le vieil homme, s'ils trouvent ton corps près du hameau.

Didier frémit. Le vieil homme ferait-il cela? Depuis qu'il avait abandonné son rôle de tortionnaire, il paraissait incapable d'un acte aussi barbare. Mais il n'avait pas tort d'exiger un serment. Et il l'obtint: après avoir hésité longtemps, considéré avec inquiétude le loup qui grondait tout près d'elle et l'archer presque invisible dans le sous-bois, elle lança sur un ton irrité:

— Bon, vous gagnez. Je promets le silence.

Le vieil homme se réjouit et, se retournant vers les Gaëls, en contrebas, leur résuma dans leur langue le pacte qui venait d'être conclu.

Pendant ce temps, le garçon descendit l'échelle et courut embrasser sa cousine. Elle ne lui avait pas sauvé la vie, puisque Didier avait obtenu grâce avant que Rébecca n'apparaisse. Mais l'intention y était, et le courage; si vraiment le vieil homme avait brandi la serpe, il aurait été abattu.

— Quand ton père a commencé à s'inquiéter de toi, murmura-t-elle, j'étais sûre de te trouver ici. J'aurais dû laisser cet homme t'égorger, hypocrite!

Elle plaisantait, mais juste un peu, et Didier comprit qu'il aurait quelques explications et beaucoup d'excuses à offrir sur le chemin du retour.

Le vieil homme, descendu à son tour du monument, s'approcha des jeunes gens.

— Et votre nom, monsieur? demanda Rébecca avec une politesse ironique. Nous ferez-vous l'honneur de nous le dire?

Il s'impatienta:

— Vous m'avez assez fait bavarder, même plus que je n'aurais dû. Rentrez donc vous coucher tandis que la lumière de la lune est encore suffisante.

Mais Didier, réunissant les divers indices qu'avait laissé échapper le personnage, commençait à avoir une idée de son identité.

— Ce loup, demanda-t-il, c'est vous qui l'avez dressé?

— Depuis sa naissance, oui; il est vieux, maintenant. C'est le petit-fils, si je puis dire, d'un louveteau que j'avais trouvé abandonné, il y a bien longtemps... Maintenant, rentrez chez vous, sinon je l'envoie vous mordre le derrière!

— Alors bonne nuit, Jean-Loup Carignan.

Le vieil homme resta décontenancé un moment, puis il rit doucement:

— Aussi fûté que ton père, hein, petit? C'est lui qui t'a parlé de moi?

— Lui, et d'autres, comme mon oncle Louis Philanselme. Vous êtes devenu une légende, vous savez.

— Après en avoir tant raconté...

— On a dit que vous étiez parti vivre avec les loups, que peut-être vous en étiez devenu un vous-même.

— Ho ho! Pas si bête! C'est ce qui t'a fait deviner mon nom?

— Ça, et la légende du vieux mage que vous avez inventée. Et vous avez dit avoir reconnu mon père l'autre soir. Et les dates: votre disparition il y a quarante ans...

— C'est quand j'ai décidé de n'avoir plus de rapports avec les Français et de m'établir ici. Mais, dis-moi, Louis Philanselme vit encore?

— Oui, et j'aurais bien de quoi vous raconter à son sujet. Et à propos de l'épée Arhapal.

— L'épée Arhapal, hein? s'étonna Carignan.

Il hésita, puis:

— Reviens demain matin, si tu veux, retrouve-moi sur le chemin qui mène ici. Je crois que j'aimerais causer encore un peu. Mais pour le moment, partez: il ne faut pas qu'on vienne vous chercher jusqu'ici.

Ils partirent, munis d'un flambeau que leur donnèrent les gens de Tirnewidd. Didier et sa compagne ne purent s'empêcher de jeter un regard inquiet vers les arbustes où se cachait encore, immobile, le mystérieux archer à qui le loup semblait obéir aussi bien qu'à Carignan.

Ils retrouvèrent bientôt le sentier menant vers Chandeleur, et y marchèrent aussi vite que possible tout en cherchant par quelle histoire ils cacheraient le secret de leur aventure.

Enchanté, Didier songeait qu'il avait, en un seul jour, découvert une cité légendaire et rencontré une légende vivante, Jean-Loup Carignan que tous croyaient mort.

9

Le mystérieux archer

C'était un matin blême d'été, annonçant une journée humide et chaude. La clarté du jour était blafarde, sans ombre, la forêt sans profondeur.

Rébecca, malgré le désaccord de ses parents, était sortie. Ils l'aimaient beaucoup et elle les aidait tant qu'ils lui passaient son indépendance; ils avaient d'ailleurs pris l'habitude de ses escapades. Celle d'hier soir, cependant, les avait fort alarmés.

Rébecca marchait vite, courant parfois, sur le sentier qui menait à la butte aux pierres levées. Elle avait entendu Didier sortir, s'était levée aussitôt, de sorte qu'il ne devait pas avoir beaucoup d'avance. Pourtant elle ne le rattrapait pas; c'est donc que lui aussi devait courir.

Elle finit par l'apercevoir, cependant, et, sur un ton impératif, elle cria son nom pour qu'il l'attende. Il la regarda venir d'un air innocent, comme s'il ne venait pas, encore une fois, de la vexer en lui faussant compagnie. Il paraissait même content de la voir.

«Il fait semblant, songea-t-elle avec irritation. S'il aime que je sois avec lui, pourquoi est-il parti seul?»

Elle fut bientôt à ses côtés. Ses yeux gris et vifs, l'ombre d'une moustache dans un visage sans défaut, ses cheveux sombres et bouclés: Rébecca aimait cette jolie tête, surtout lorsqu'il avait ce sourire à la fois innocent et mutin. Mais elle ne se laissa pas enjôler.

— Tu aurais pu m'attendre, remarqua-t-elle sèchement.

— Je pensais que tu dormais encore.

— Menteur. Tu sais bien que je m'éveille toujours à l'aube.

— Oui, mais hier tu t'es couchée tard.

— Toi aussi. Tu vas me dire que, toi, ce n'est pas pareil?

Il ne répondit pas. Ils marchaient côte à côte, maintenant, plus lentement.

— Tu aurais voulu rencontrer le vieux Jean-Loup seul, que tu n'aurais pas agi autrement. Tu sembles considérer que toute cette affaire ne concerne que toi. *Ta* cité inconnue, *ton* vieil homme légendaire. Ce n'est pas un peu enfantin?

— Peut-être, admit Didier à mi-voix.

— Pourquoi agis-tu comme ça?

Il aurait été bien en peine de répondre. Ce n'était pourtant pas par égoïsme, du moins ce ne lui semblait pas. Un désir de vivre ses expériences, sa vie, tout seul, par lui-même.

Pourtant il aimait bien Rébecca, il le lui avait dit plus d'une fois. Hier soir, il lui avait tout raconté, sans rien omettre de ses aventures récentes; il est vrai qu'elle l'avait interrogé à fond.

Elle n'insista pas; elle n'était pas du genre à faire des scènes larmoyantes. Elle le laissa plutôt macérer dans un silence qui devint vite insupportable.

Heureusement, le vieux Jean-Loup apparut sur le sentier.

— Le voilà! s'exclama Didier, réalisant qu'il éprouvait déjà de l'affection pour le personnage.

— Il n'est pas seul, fit Rébecca.

En effet. En plus du loup gris qui trottait tranquillement devant lui, un autre homme était apparu à ses côtés, qui jusque-là avait marché derrière Jean-Loup.

— Notre mystérieux archer, je crois, observa Rébecca.

Dérouté, Didier s'arrêta en reconnaissant le personnage:

— Ah! C'est lui?!

* * *

Pour la première fois depuis longtemps le fortin de Granverger offrait un spectacle quelque peu impressionnant du point de vue militaire. Les renforts de Neubourg bivouaquaient sous la palissade, sur le côté du fort, créant l'illusion du nombre. Quelques uniformes d'officiers ajoutaient à l'impression qu'il y avait là une force militaire.

Au milieu de l'après-midi, l'expédition était prête: la troupe irait d'abord à Assiribiak, village abénaqui proche de Granverger, et le représentant du gouverneur demanderait officiellement l'aide des guerriers. Le lendemain matin on partirait d'Assiribiak pour atteindre, en quelques heures, le dernier campement connu de la troupe anglo-américaine. Des contacts étaient déjà pris avec les Abénaquis: leur aide était acquise en vertu d'une alliance. Des éclaireurs avaient repéré le dernier camp ennemi et le surveillaient sans relâche; on espérait les attaquer là-bas, par surprise, et ainsi éviter que la bataille ne se fasse à Granverger même.

Au fort, où le chef de la garnison lui avait cédé son logis, le colonel Garreau préparait une dépêche destinée à Québec, résumant le plan de campagne. Guillaume Vignal entra et se mit au garde-à-vous.

— Estafette, dit le colonel sans lui jeter un regard, vous porterez ceci jusqu'à Neubourg pour qu'on le transmette à Québec.

— À vos ordres, monsieur.

Le colonel plia la lettre.

— Monsieur, pardonnez-moi de vous importuner avec une affaire personnelle, mais, si vous aviez un instant...

— Une minute, et même pas, répondit le colonel en faisant fondre un peu de cire à cacheter.

— Vous vous rappellerez que, l'an dernier, le fils du baron avait volé une épée au forgeron de St-Imnestre.

Garreau leva la tête, brièvement.

— Ah oui, je me souviens de vous. Vignal, n'est-ce pas?

Il fit tomber quelques gouttes de cire sur le rabat de la dépêche.

— Et l'épée, vous la lui avez reprise?

— Oui, et depuis il tente de se venger sur nous. En fait, sur Didier Bertin, car il n'ose pas s'attaquer à un militaire.

Le colonel apposa son cachet sur la cire molle.

— Deux fois il a tenté de le tuer. La première, au fort de St-Imnestre, où Didier l'a blessé d'une flèche au bras.

— Tiens donc? fit Garreau en fronçant les sourcils. Ça me rappelle quelque chose. C'était la semaine dernière?

— Oui. Et, la deuxième fois, une embuscade sur la route près de Chandeleur. Mon père adoptif a failli être tué aussi.

— Une embuscade sur la route?! Mais c'est digne de brigands! Votre père l'a dénoncé?

— C'est que l'homme est prudent, il ne se montre pas. On ne l'a pas formellement reconnu mais pour nous il n'y a pas de doute possible.

Contournant son bureau, le vieil officier remit la dépêche à Guillaume, qui la plaça dans sa sacoche de courrier. Ils marchèrent ensemble vers la porte.

— C'est le même problème que l'an dernier, en somme, disait le colonel. Je veux bien vous croire, mais pour l'accuser devant le prévôt il faudrait des preuves.

Ils sortirent dans la cour intérieure du fortin.

— Je sais bien, répondait Guillaume. Mais si vous pouviez parler au fils du baron, en privé, le menacer de tout révéler à son père et laisser entendre qu'il y a des témoignages. Votre autorité...

— Holà, comme vous y allez, jeune homme! Il y a des limites à ce que je suis disposé... Tiens! Quand on parle du loup...

Deux hommes à cheval venaient justement d'entrer au fort. Le baron Davard et son fils aîné Luc-Alexandre!

— Observez bien le cheval du fils, chuchota Guillaume au colonel.

Les deux cavaliers s'arrêtèrent devant Garreau.

— Bonjour colonel, fit le baron. Êtes-vous maintenant le commandant de cette garnison?

— Non, c'est le sieur d'Andremagne. Mais peut-être puis-je vous répondre?

— J'ai eu vent du danger qui menace Granverger et je suis accouru aussitôt. Je viens mettre mon épée, ainsi que mes gens, à votre disposition pour défendre le village.

— C'est fort honorable de votre part.

— Avec son mur, le domaine peut se défendre assez bien, et l'on peut se retrancher dans le manoir en clouant les volets. Je dirais que la vieille tour est même inexpugnable.

— Oui, mais l'ennemi voudra plutôt prendre le fort.

— À moins d'être très nombreux, il aura grand peine à le faire s'il est harcelé sur ses arrières à partir du manoir.

— Excellente stratégie, si nous en venons là. Je vais de ce pas transmettre votre offre au sieur d'Andremagne. À moins que vous ne désiriez l'attendre, il sera prêt d'un instant à l'autre.

— Volontiers. Je lui offrirai aussi mes bons offices auprès des Abénaquis. Vous savez que ma famille est dans les meilleurs termes avec les gens d'Assiribiak.

«Avec leur sorcier surtout» se dit Guillaume en songeant aux événements de 1647*. Durant tout l'entretien il n'avait cessé de dévisager Luc-

---

* Lire dans la même collection *Le trésor du «Scorpion»*.

Alexandre Davard, le défiant du regard. L'expression du jeune noble était hostile, mais il finit par détourner le regard le premier.

Le baron descendit de cheval tandis que Garreau s'éloignait un peu, Vignal toujours à ses côtés.

— Le cheval du fils, murmura Guillaume. Vous avez remarqué, sur son poitrail?

— Une tache blanche allongée. Et alors?

— Je suis passé sur la route tout de suite après l'embuscade, l'autre soir, et j'ai vu deux cavaliers qui s'enfuyaient. Ils se sont cachés dans le bois à mon approche, mais j'ai distingué un de leurs chevaux entre les feuilles.

— Et c'était celui-là?

— Oui. Donc l'assaillant était Luc-Alexandre Davard.

— Encore trop peu! s'irrita Garreau. Un témoignage fragile par-ci, un petit indice par-là... On n'arrêtera pas un fils de baron sur la foi de si peu!

— Vous ne pouvez rien?

— Je n'aime pas l'héritier du baron, vous le savez. Mais vous venez d'entendre Davard: puis-je l'indisposer au moment où nous avons besoin de toutes les forces de Granverger pour repousser l'envahisseur? Non, n'en parlons plus, allez plutôt voir le prévôt et espérez qu'il vous écoutera.

Le baron les rejoignit, Guillaume ne put répliquer.

— Partez à l'instant avec cette dépêche, ordonna Garreau. Le gouverneur l'attend sûrement avec impatience.

Dépité, Guillaume s'éloigna et rejoignit son cheval déjà prêt. Il le lança au galop, non sans avoir jeté au fils du baron un regard plus qu'hostile.

*   *   *

Guillaume rencontra Rébecca, Didier et monsieur Bertin sur la route, un peu après Chandeleur. Ils faisaient une promenade. Luc Bertin, depuis leur arrivée à Chandeleur trois jours plus tôt, était d'humeur sombre; son fils espérait que la marche lui changerait les idées.

Il était facile de deviner ce qui tourmentait monsieur Bertin: malgré ce qu'il en avait dit, il savait que l'épisode de la crypte funéraire, l'autre soir, n'avait pas été un rêve. Nul doute qu'il se rappelait surtout l'apparition de l'homme qui portait une lanterne. Il avait reconnu Jean-Loup Carignan — mais Carignan tel qu'il était quarante ans plus tôt, à l'époque de sa disparition. Un fantôme, donc, un revenant.

Didier savait maintenant que Jean-Loup n'était pas mort; ce n'est pas son fantôme qu'ils avaient vu le soir de l'orage dans le tombeau. Mais monsieur Bertin, lui, y croyait; cela lui donnait des insomnies et lui enlevait l'appétit.

130

Lorsque son fils n'était pas rentré, hier soir, Luc Bertin avait deviné qu'il s'était mis à la recherche de Tirnewidd. Et il avait craint que le fantôme de Jean-Loup Carignan ne l'ait trouvé, lui, Didier.

Un bruit de galop sur la route les fit se retourner. Ils aperçurent une estafette, reconnurent Guillaume à sa silhouette et à ses cheveux roux. Il les rejoignit et arrêta son cheval. Rébecca le salua avec chaleur.

Il raconta sa démarche infructueuse auprès du colonel Garreau.

— C'était notre seul espoir, conclut-il. Il ne faut pas compter sur le prévôt: il devra être lui-même témoin d'un crime avant d'oser arrêter le fils du baron.

— Ça veut dire que vous ne serez jamais en sécurité, fit Rébecca avec inquiétude. Ce Luc-Alexandre semble être du genre rancunier.

— Rancunier n'est pas le mot, répliqua Guillaume. Il nous hait, Didier et moi, il ne cessera pas tant qu'il ne nous aura tués. Toi surtout, Didier, tu risques à toute heure de recevoir une flèche ou d'être poignardé dans le dos.

— J'ai une idée qui pourrait le calmer une fois pour toutes, fit Didier à mi-voix.

— Raconte.

— Pas tout de suite. Il me faut l'aide de quelqu'un... quelqu'un de spécial. Je vous en reparlerai quand je l'aurai obtenue.

Guillaume aurait bien voulu des détails supplémentaires mais il s'était déjà trop attardé. Porteur d'une dépêche, il n'aurait même pas dû s'arrêter.

Il repartit au galop. Rébecca le suivit des yeux jusqu'à ce qu'il disparaisse dans une courbe de la route.

Le soir approchait. À gauche de la route, dans la forêt, la pénombre se faisait de plus en plus dense. À droite, la rivière était calme et silencieuse, telle un lac. On entendait, plus loin sur la route, le clapotis d'un gros ruisseau; monsieur Bertin aperçut le ponceau qui l'enjambait.

— Il commence à se faire tard, dit-il. Pourquoi nous as-tu emmenés ici, Didier?

— Rendons-nous jusqu'au ruisseau. Après nous reviendrons.

Luc Bertin céda à contrecoeur: il songeait au torrent qu'enjambait un pont antique, là-bas, dans la forêt. Et, bien sûr, cela lui ramenait en mémoire la cité inconnue, le château et sa crypte funéraire, l'apparition du revenant.

Le ponceau n'était constitué que de quelques gros madriers, avec un garde-fou de chaque côté, de simples branches émondées. Didier s'appuya à celle du côté de la forêt; délibérément monsieur Bertin tourna le dos à la forêt et s'accouda face à la Paskédiac. La rivière était toute proche, le gros ruisseau y mêlait paisiblement ses eaux entre des pierres arrondies.

Rébecca lui tint compagnie; elle connaissait toute l'histoire, maintenant, et bavardait avec son oncle en cherchant à lui changer les idées.

Mais le fantôme de la cité inconnue n'était pas le seul souci de monsieur Bertin:

— Didier, je n'aime pas ta façon de tout garder pour toi, fit-il en se tournant à demi. Avant ce soir, tu ne m'avais pas dit que tu soupçonnais Davard de l'embuscade.

Il se tut: Didier n'était plus sur le ponceau.

— Il a dû s'éloigner un instant, fit Rébecca en scrutant le ruisseau en amont, cherchant son cousin parmi les grosses roches.

Monsieur Bertin ramena son regard vers la Paskédiac mais, après quelques minutes, comme Didier ne revenait toujours pas, il fut intrigué:

— Où est-il encore parti? Je commence à en avoir assez de ses escapades. Un jour il s'égarera pour de bon!

Il scruta la route vers la gauche et la droite, puis reporta son attention sur le torrent. Il sursauta violemment: sur une grosse pierre à quelques mètres du ponceau, un homme se dressait dans la pénombre.

Le fantôme de l'autre soir! Celui qui était apparu au soupirail de la crypte funéraire.

Monsieur Bertin eut une exclamation effrayée, tendit un bras comme pour chasser l'apparition.

Bondissant des roches de la rive, Didier revint au ponceau:

— N'ayez crainte, père, c'est un homme comme vous et moi!

— Mais Jean-Loup Carignan ne peut pas être vivant et avoir encore trente ans!

— Ce n'est pas Jean-Loup Carignan, intervint Rébecca.

L'homme parla, un léger sourire sur ses lèvres:

— Ils ont raison: rassurez-vous monsieur Bertin, je ne suis pas un revenant.

Luc Bertin était pâle, manifestement très secoué:

— Mais... mais cette ressemblance?!

— Elle est frappante, à ce qu'il paraît! je suis le fils de Jean-Loup, Thomas.

— Mais il n'avait pas de fils!

— Il en a eu un depuis, tout simplement. Après avoir quitté Neubourg pour de bon.

L'homme parlait un français approximatif: seul son père le lui avait enseigné, qui lui-même n'avait pas souvent l'occasion de le pratiquer.

— Lorsque Jean-Loup est disparu... il n'est donc pas mort?

— Non. Mais ne m'en demandez pas plus. C'est déjà beaucoup que j'aie accepté de venir ici pour vous parler. Votre fils tenait à vous rassurer ainsi, vous montrer que vous n'aviez pas vu un fantôme.

— Tu connais Didier?

— Un brave garçon. Il craignait que vous n'en veniez à perdre la raison, avec cette histoire de revenant.

Didier expliqua:

— Vous parliez dans votre sommeil, père. Vous aviez des cauchemars toutes les nuits.

— Mais tu connais cet homme?

— Depuis peu. Il vit dans la forêt.

— Entre Chandeleur et St-Imnestre, mentit Thomas Carignan. Je n'ai pas d'habitation fixe, je vis de chasse et de trappe.

Ce n'était pas entièrement faux: Thomas Carignan était un chasseur redoutable, avec son arc et ses flèches.

Car c'était lui le mystérieux archer que le vieux loup gris accompagnait parfois. Lui qui tirait des flèches enflammées, lui qui aidait son père à interdire l'accès de Tirnewidd. Et, bien sûr, il ne voulait pas dire à monsieur Bertin où il habitait vraiment.

Didier et Rébecca avaient fait sa connaissance ce matin, lorsqu'ils étaient retournés sur le chemin de Tirnewidd pour bavarder avec le vieux Jean-Loup. C'est là que Didier avait eu l'idée de la ren-

135

contre de ce soir et avait convaincu Thomas de se montrer.

— Voilà, monsieur Bertin, je vous laisse le bonsoir, fit Thomas Carignan en se levant sur sa roche.

— Déjà?! Mais il faut que tu me parles de ton père! Vit-il encore? Il doit bien avoir soixante-dix ans et plus.

— Désolé, je n'en dis pas plus, je veux vivre en paix et sans commerce avec les gens. Je suis simplement venu prouver que je n'étais pas un fantôme.

Sur ce il disparut, presque comme un fantôme, justement: d'un bond il quitta sa roche et s'enfonça sous bois, et le bruissement du feuillage derrière lui ne dura qu'un instant.

Monsieur Bertin demeura silencieux un bon moment, regardant le torrent, puis il demanda à son fils:

— C'est lui que tu es allé trouver dans la forêt tout à l'heure, et les autres jours?

— Oui. C'est lui qui nous avait ramenés à notre voiture l'autre nuit.

— Mais je n'en ai aucun souvenir!

— Si, il nous avait guidés, mentit Didier. Vous étiez très fatigué, vous dormiez presque debout. Mais vous avez retenu son visage.

— Non! protesta Luc Bertin. C'est dans le souterrain que nous l'avons aperçu, cette crypte funéraire.

— La grotte, vous voulez dire. La caverne dans la forêt, où nous nous étions abrités de la pluie. Il nous a trouvés là, avec son fanal.

Sourcils froncés, l'homme dévisagea son fils, se demandant s'il pouvait lui mentir aussi effrontément ou si sa propre mémoire faisait défaut. Avait-il vraiment rêvé tout ça, la tour ronde, la crypte, les tombeaux avec leurs gisants?

— Mais toi-même, lorsque nous nous sommes réveillés dans la charrette, tu as parlé d'une cité. Tu croyais que nous avions découvert Tirnewidd.

Didier hocha la tête gravement de gauche à droite, essayant de garder le visage le plus imperturbable. Il espérait que son père n'insisterait pas, car il était incapable d'en rajouter. Mentir si carrément lui coûtait: son père n'allait-il pas croire qu'il avait été halluciné, qu'il perdait la raison? Justement ce que Didier voulait lui éviter en lui prouvant que Thomas Carignan n'était pas un fantôme.

Mais Didier avait juré de protéger le secret de Tirnewidd, et il devait maintenant tenir son serment, quel qu'en fût le prix. Thomas avait parfaitement prévu ce problème, c'est pourquoi il n'avait pas facilement accepté de se montrer.

— Je suppose que vous vous êtes endormi dans cette grotte, suggéra Rébecca, que vous avez rêvé cette histoire de tombeau. Et quand vous vous êtes réveillé dans la charrette, vous y avez cru comme à un fait, au moins durant quelques heures.

Il subsistait encore de grosses failles dans cette explication mais Luc Bertin se laissa convaincre, à peu près. Tant de confusion, en somme, pouvait s'expliquer par la fatigue de ce soir-là, une nuit agitée et des cauchemars.

Il haussa les épaules et décida de rentrer à Chandeleur.

En route, Rébecca et Didier remarquèrent que ses lèvres bougeaient comme s'il discutait silencieusement avec lui-même. Son visage devint graduellement moins soucieux, sa démarche plus leste. Lorsqu'ils arrivèrent au hameau, les jeunes eurent l'impression qu'il avait classé toute cette affaire et retrouvé sa sérénité.

Cela faisait au moins un problème de réglé.

10

Une apparition

Les deux jours suivants furent pluvieux. Il semblait à Rébecca qu'il n'y avait pas, dans le monde, d'endroit plus triste que Chandeleur par mauvais temps. Les quatre maisons du hameau et leurs dépendances, noires sous la pluie, étaient comme des choses tristes oubliées au bout d'un champ, entre les murs sombres de la forêt et les eaux grises de la Paskédiac.

Mais ce qui attristait davantage Rébecca, c'était l'attitude de Didier. D'abord elle s'était fâchée; maintenant elle ne comprenait plus. Il s'entêtait à agir sans elle, sans même lui parler de ce qu'il faisait. Avant-hier matin, elle avait dû suivre Didier et s'imposer pour rencontrer avec lui le vieux Jean-Loup, sur le chemin de Tirnewidd. Hier il s'était absenté tout l'après-midi, bien que le temps fût couvert et entrecoupé d'averses; il était revenu à la tombée de la nuit, prenant le parti de se taire obstinément plutôt que d'inventer une histoire pour son père et sa tante. Rébecca soupçonnait qu'il était retourné aux pierres levées pour rencontrer à nouveau le vieux Jean-Loup et Thomas Carignan. Mais, par fierté, elle ne l'avait pas questionné: elle n'allait pas constamment lui quémander des confidences. S'il voulait jouer au mystérieux, il allait le faire tout seul.

Aujourd'hui il avait passé la matinée dans la maison, à regarder tomber la pluie par la porte ouverte.

— Il serait temps que nous partions, non? avait suggéré monsieur Bertin. Nous sommes ici depuis cinq jours, Antonine doit en avoir assez.

— Encore deux jours, supplia Didier. Je voudrais aller à Granverger pour voir mon cousin et Guillaume.

— Guillaume, il m'a l'air d'être pas mal occupé ces jours-ci.

Mais monsieur Bertin n'avait plus parlé de partir.

Après dîner, las d'être ainsi confiné, Didier était allé avec son père à l'auberge, pour se changer les idées en bavardant avec le maître de poste.

Maintenant le bac venait d'être appelé sur la rive est. Il revenait, faisant passer un militaire et son cheval; par la porte ouverte, Rébecca reconnut Guillaume Vignal à la tignasse rousse émergeant de sous son tricorne. À la poste, on sellait déjà un cheval frais.

— Je vais au relais, annonça la fille à sa mère. Une estafette vient d'arriver, il y a sûrement des nouvelles de Granverger.

«Antonine, songea la dame, ta fille va finir par épouser un militaire. Elle mérite pourtant mieux.»

La poste était seulement à quelques dizaines de pas de chez les Dubuque. Lorsque Rébecca entra dans la salle de l'auberge, Guillaume était avec Didier; c'est monsieur Bertin qui lui annonça la nouvelle:

— Les Anglais sont battus. Tous tués, blessés ou faits prisonniers.

Les envahisseurs anglo-américains s'étaient avérés n'être qu'un parti de miliciens légèrement armés. Ils étaient venus pour mettre Granverger à feu et à sang, comme les Français et leurs alliés abénaquis l'avaient fait trois ans plus tôt à Salmon Falls, Corlar et Casco. Et ils avaient bien failli y parvenir car ils étaient partis avant l'aube de leur dernier campement et les Français avaient été un peu pris de court. D'Assiribiak, les soldats avaient fait avec les guerriers abénaquis une marche forcée qui les avait portés sur le flanc de l'ennemi. Contournés et coupés de leur retraite, les Anglo-américains avaient été forcés de poursuivre vers Granverger, leur objectif, mais en état de désavantage.

Habilement manoeuvrés par le harcèlement des Abénaquis, ils avaient été poussés sous le feu des gens du manoir postés derrière le mur du domaine, puis sous celui des paysans de Granverger retranchés dans le moulin, pour enfin se retrouver, plus que décimés, dans les champs du hameau, à l'orée de la forêt. Là, les canons du fortin les avaient bombardés jusqu'à ce que les survivants rendent les armes.

Blessés et prisonniers ne devaient jamais revoir leur patrie: personne pour faire rapport sur les défenses de la Nouvelle-France, la disparition complète de l'expédition impressionnerait bien plus la Nouvelle-Angleterre que le retour de quelques vaincus. On espérait qu'aucun blessé n'avait pu fuir inaperçu.

La victoire était totale, non sans quelques pertes douloureuses chez les Français et leurs alliés abénaquis.

Telles étaient les nouvelles que Guillaume courait porter à Neubourg; depuis une semaine il était constamment sur la route, avec tous ces événements. Pour l'instant, le jeune militaire était attablé dans un coin de la salle, devant une chope de bière qu'il avait cinq minutes pour vider. Didier, penché vers lui, lui parlait à voix basse.

La salle n'était pas grande; avec un effort d'attention, Rébecca saisit ses propos:

— D'abord il ne voulait pas, c'est son père qui a insisté pour qu'il y aille. Le vieux y serait même allé lui-même, si ç'avait été utile; c'est comme s'il avait encore un compte à régler, une tâche à terminer.

— Mais est-ce que le vieux Philanselme voudra me la confier, sachant que je vais l'apporter à Granverger? Il a failli se laisser mourir d'inquiétude l'an dernier parce qu'on la lui avait volée.

— Mais ce ne sera pas pareil, elle sera entre bonnes mains. Et puis, ce n'est pas *son* épée, à Philanselme; dis-lui que le fils de Carignan la réclame

142

pour quelques jours, afin qu'elle serve à ce qu'elle doit servir. Après tout, elle a été apportée en ce pays pour combattre le mal.

— Je vais faire mon possible, mais je n'aurai pas beaucoup de temps pour le convaincre.

— Sans elle nous ne sommes pas aussi sûrs de réussir. Je compte sur toi.

Guillaume finit sa chope d'une lampée et se leva. De la porte, le maître de poste lui cria:

— Ton cheval est prêt.

Le jeune militaire sortit, adressant au passage son plus beau sourire à Rébecca. Elle le lui rendit, mais reprit un air sévère pour foudroyer son cousin du regard. Dans son coin, Didier rentra un peu la tête dans les épaules, pris en défaut: il n'avait pas remarqué la présence de Rébecca et avait, une nouvelle fois, comploté à son insu.

Elle lui tourna le dos et sortit sans un mot.

* * *

Le lendemain semblait devoir être une plus belle journée, mais le soleil ne se décidait pas à percer franchement le voile blanc du ciel. L'eau de la rivière n'avait aucune transparence, aujourd'hui, rien ne laissait deviner qu'il y avait eu sur cette berge, des siècles auparavant, un quai où s'amarraient les bateaux d'une puissante cité.

Assise sur sa roche, Rébecca entendit son cousin arriver derrière elle, mais ne se retourna point. Ils restèrent ainsi un bon moment, silencieux, lui contemplant sa longue chevelure de jais sans trouver quoi dire, elle sentant dans son dos son regard insistant.

— Je ne sais pas pourquoi j'agis comme ça, finit-il par prononcer à mi-voix.

— Moi je sais, répliqua-t-elle. Tu as été vexé parce que je connais mieux la forêt que toi, parce que je suis aussi brave si ce n'est pas plus, et parce que je suis venue te sauver l'autre soir. C'est ton orgueil de garçon qui a été froissé, tu me tiens à l'écart de tes aventures pour en être le seul héros.

— C'est faux. Ce n'est pas ça, pas du tout.

— Alors quoi? demanda Rébecca, elle-même pas très convaincue de ce qu'elle venait d'avancer.

— C'est autre chose, je ne sais pas... Des fois, on agit sans bien savoir ses raisons. Je peux te dire que c'est fini, en tout cas. Tu avais raison, c'est enfantin.

— Tu n'es encore qu'un enfant, Didier, fit-elle plus doucement.

— Plus maintenant.

S'étant rapproché, il s'enhardit à lui caresser les cheveux, le cou. Elle l'arrêta lorsqu'elle sentit ses doigts frémissants sur sa joue.

— Restons amis, mais pas de cette façon-là.

— Parce que nous sommes cousins?

— Non.

— Parce que j'ai deux ans de moins que toi?

— Non, bien sûr.

Là-haut, le soleil commençait à percer; la blancheur du ciel faisait plisser les yeux.

— Parce que tu en aimes un autre?

Elle n'hésita pas à répondre:

— C'est ça.

— Depuis quand?

— Depuis cet été. Depuis qu'il s'arrête presque tous les jours à la poste de Chandeleur.

— C'est...?

— C'est lui.

Du geste elle désignait le bac, qui entreprenait la traversée de la rivière. Il y avait un seul passager, qui n'avait pas pris la peine de descendre de son cheval, un jeune et beau militaire aux cheveux roux.

Guillaume les aperçut sur la rive de l'Anse-à-Rébecca. S'assurant d'un regard que le passeur, courbé sur ses rames, ne pouvait le voir, il porta la main à sa ceinture. Un fourreau y pendait, plus large que celui qu'il portait de coutume. Un geste ample et l'épée apparut, renvoyant un éclat de bronze au soleil qui perçait enfin. Devant ce tableau, Didier et Rébecca eurent une exclamation muette, intérieure: un radeau sur l'eau calme, entre les murs verts de la forêt et, droit sur son cheval, un fier soldat brandissant vers le ciel une épée étincelante.

Il signalait ainsi à Didier qu'il avait réussi sa mission auprès du vieux Louis Philanselme.

Un instant Didier fut partagé entre la joie, et le dépit que lui avait causé la déclaration de sa cousine. Une pointe de jalousie; et pourtant, Didier était-il justifié d'espérer plus que l'amitié de Rébecca? Il avait espéré plus, oui, mais il s'était trompé et cela ne partait peut-être pas d'un sentiment profond.

Il chassa ce petit accès de jalousie et laissa libre cours à sa joie. Sur le bac, Guillaume avait rengainé son épée. Didier sauta sur une pierre plus haute et, levant le bras, pointa du doigt vers le soleil. Puis il décrivit de la main la trajectoire du soleil jusqu'au couchant, jusqu'au soir, confirmant ainsi le rendez-vous qu'ils s'étaient fixé la veille. Par d'amples hochements de tête, Guillaume fit signe qu'il avait compris.

Puis, Didier prit sa cousine par le bras et l'entraîna vers le sentier menant à Chandeleur.

— Viens, fit-il, nous allons à Granverger cet après-midi.

— C'est vrai?!

— Je vais t'expliquer notre affaire...

*   *   *

Le manoir de Granverger, résidence des Davard, commençait à s'installer dans le silence de la nuit. Les rares domestiques qui avaient encore à faire marchaient à pas feutrés; même les maîtres parlaient doucement à cette heure.

Le vieux Lourier, valet du capitaine Davard, sursauta lorsque, passant devant l'escalier central, il s'entendit interpeller:

— Eh bien, Lourier, mon grand-père est-il plus calme ce soir?

C'était Paul Davard qui, de l'escalier, lui posait cette question à mi-voix.

— Beaucoup, oui. La défaite des Anglais l'a bien soulagé.

— Vous savez, ils n'ont à aucun moment menacé vraiment le manoir.

— Non, mais la bataille est passée juste à la limite du parc et il y a des traces de balles sur le mur. D'ici, ça ressemblait au bruit d'un assaut.

Durant la bataille, le vieux capitaine Davard avait ressorti ses antiques pistolets d'abordage, prêt à défendre chèrement son manoir contre l'envahisseur.

— Vous allez préparer la tisane de mon grand-père?

— Comme chaque soir, monsieur Paul. Et, si je puis me permettre, il est tard: monsieur Turmel vous dirait d'aller vous coucher.

— Oui, mais il n'y est pas.

Dès que le valet de chambre eut disparu dans l'office, Paul descendit au rez-de-chaussée et entra sans bruit dans le salon particulier de son grand-père le capitaine Davard. Il n'y resta qu'un instant et remonta l'escalier.

Le plus jeune fils du baron, Paul, avait seize ans; il était, quant au caractère, tout l'opposé de son grand frère Alexandre.

Il alla frapper à une porte du deuxième étage.

— Qu'est-ce que c'est? répondit sèchement Luc-Alexandre.

— Grand-père veut te parler.

La porte s'ouvrit après un instant. Le jeune homme, ses manches relevées, portait encore un pansement à l'avant-bras gauche.

— Me parler, à cette heure? s'étonna Luc-Alexandre, méfiant. Que peut-il bien me vouloir?

Il rentra sa chemise dans sa culotte, referma à clé la porte de sa chambre, qu'il avait ouverte juste assez pour passer, afin que Paul ne vit pas grand-chose dans la pièce. Il savait que Paul désapprouvait son intérêt pour la nécromancie*, et ne voulait lui donner aucune occasion de mettre le nez dans ses affaires. Le garçon vit seulement que la chambre était sombre et que, sur le pupitre, un livre était ouvert près de l'unique chandelle.

---

*nécromancie: science occulte qui prétend évoquer les morts, entrer en contact avec leur esprit.

— Il ne t'a pas dit de quoi il s'agissait? demanda Luc-Alexandre en s'engageant dans l'escalier.

— Non. Il m'a parlé à travers la porte de sa chambre, mentit Paul, et m'a dit d'aller te chercher.

Intrigué, Luc-Alexandre descendit au rez-de-chaussée, tandis que son petit frère restait en haut. Il alla frapper à la porte du salon particulier de son grand-père et, n'obtenant pas de réponse, il entra. La pièce était obscure, hormis une bougie laissée allumée dans un chandelier à cinq branches.

«Lourier n'y est pas» constata le jeune homme. Le valet du capitaine Davard avait coutume de dormir sur un canapé du salon, au cas où son maître aurait besoin de lui durant la nuit.

Luc-Alexandre alla frapper doucement à la porte entrebâillée de la chambre voisine.

— Entre, voyons, fit le vieillard. Depuis quand est-ce que...

Il s'interrompit en reconnaissant son petit-fils.

— Ah, je croyais que c'était Lourier qui m'apportait ma tisane.

L'ancien corsaire, père du baron actuel, n'était pas encore couché. En robe de chambre il vint à la porte, où était resté Luc-Alexandre.

— Et qu'est-ce que tu veux, à cette heure-ci?

— Mais c'est *vous* qui m'avez fait appeler!

— Moi? Pas du tout! Qui...

Il s'interrompit en sursautant et porta son regard vers les trois portes-fenêtres donnant sur un balcon de la façade. Celle du milieu venait de s'ouvrir brusquement, ses deux croisées rabattues vers l'intérieur.

— Qu'est-ce que... Il ne vente pas, pourtant, et cette porte devrait être fermée au loquet!

L'ancien corsaire et son petit-fils avancèrent au milieu de la pièce.

— Michel Davard!

La voix avait tonné, venant du balcon — mais de plus haut que si c'était un homme debout qui avait parlé.

Soudain un visage apparut, un buste, deux mains, mais s'ils appartenaient à un être humain c'était un géant de trois mètres. Non, l'apparition devait plutôt flotter en l'air parce qu'on ne distinguait d'elle rien au-dessous de la taille. «Apparition», car le visage était véritablement *apparu,* surgi de la nuit, éclairé par une source de lumière invisible au point d'apparaître lumineux par lui-même, blanc et spectral.

Et cet éclairage ne venait pas du salon, seule une chandelle y brûlait dans un coin, sa lueur ne pouvait atteindre le balcon; la lumière venant de la porte ouverte de la chambre ne suffisait pas non plus.

— Michel Davard, vieux pirate, tu me reconnais?

Pétrifié, l'ancien corsaire ne répondit pas.

— Rappelle-toi l'année où tu es revenu t'établir au pays.

Le front du vieillard se plissa, comme sous un effort mental.

— Nous nous sommes croisés à Neubourg, et ton intendant, Sevestre, t'a dit qui j'étais.

Le vieux Davard émit un son comme un râle aspiré, et prononça:

— Jean-Loup Carignan!

— Tu vois, je n'ai pas beaucoup changé, fit l'apparition en souriant ironiquement, un sourire mauvais.

— Mais c'est impossible! Tu aurais soixante-dix ou quatre-vingts ans!

— Je les porte bien, n'est-ce pas?

L'ancien corsaire, secoué de frissons, retraita vers le fond de la pièce.

— Carignan est réputé mort depuis des dizaines d'années! fit Luc-Alexandre d'une voix à peine audible, en fixant l'apparition sans bouger.

— Le fantôme de Carignan! râla le vieux Davard.

Derrière le spectre une fumée montait, blanchâtre, telle une vapeur de l'au-delà, éclairée elle aussi par une source de lumière invisible.

— Je vois que ton petit-fils est là, reprit le revenant. Je venais justement le mettre en garde.

Peu préparé à une telle apparition ce soir, Luc-Alexandre ne put s'empêcher de reculer d'un pas. Jamais un mort ne s'était manifesté à lui aussi clairement.

— Tu reconnais ceci, Luc-Alexandre Davard?

D'un geste vif, Carignan avait tiré une épée de bronze. Il l'avait tirée de la nuit même, aurait-on dit, car le fourreau était dans la noirceur comme le reste de son corps — s'il en avait un.

La garde et le pommeau renvoyaient un éclat doré; la lame était moins brillante.

— L'épée Arhapal! s'exclama le jeune Davard, mais son exclamation ne fut guère qu'un soupir effrayé.

— Oui, l'épée Arhapal, répliqua l'apparition en haussant la voix. Avec cette épée j'ai tranché la tête de ton ancêtre le sorcier, dans les cavernes sous les fondations mêmes de ce manoir. Et il a été dit que cette épée serait brandie à chaque fois qu'on tenterait de faire renaître le mal ici.

La porte du salon s'ouvrit sans bruit et Lourier paralysa après quelques pas dans la pièce.

— Aujourd'hui, poursuivait la voix à l'accent singulier, c'est par toi que s'accomplit le mal, Luc-Alexandre Davard. Tu poursuis de ta haine ceux qui ont fait obstacle à tes ambitions, tu prétends te venger en les assassinant.

Instinctivement Luc-Alexandre porta la main à son bras pansé, se rappelant trop bien le trait d'arbalète que lui avait tiré Didier.

Sur le plateau que portait le valet de chambre, la tasse de tisane se mit à cliqueter dans sa soucoupe. Lourier tremblait, mais pas autant que le vieux corsaire lui-même.

— Gare à toi! tonna Carignan en brandissant l'épée, gare à ta tête s'il arrive malheur aux Bertin, Vignal ou Philanselme!

L'épée en l'air, un peu ramenée vers l'arrière, on aurait dit que le revenant s'apprêtait à décapiter quelqu'un.

— Ils sont sous la protection d'Arhapal, et je reviendrai abattre l'épée sur ton cou ainsi que je l'ai fait sur ton ancêtre. Tu ne me verrais pas mais moi je te verrais à toute heure, et un jour je passerais cette lame à travers ta gorge.

Derrière l'apparition, la fumée s'éclaircissait.

— N'oublie pas, Luc-Alexandre Davard, n'oublie jamais: si tu ne renonces point à ta vengeance, ce sera comme si cette épée était posée sur ta gorge, invisible, à chaque instant de ta vie.

Carignan fit le geste de remettre l'épée au fourreau... et disparut aussi brusquement qu'il était apparu.

À cet instant Paul Davard fit irruption dans le salon, bousculant Lourier qui cria, échappa plateau, tasse et soucoupe.

— Un fantôme! hurlait l'adolescent. De ma fenêtre j'ai vu un spectre juste devant la façade!

Il allait de son frère à son grand-père, les prenant par les bras et les secouant, faisant tout pour distraire leur attention de la porte-fenêtre.

— Lumineux! Avec une fumée blanche autour de lui! Et il... il flottait dans l'air, juste une tête sans corps, et des mains qui tenaient une épée étincelante!

Luc-Alexandre le saisit aux épaules et le secoua violemment:

— Nous le savons, idiot, il était devant nous!

Et il lui flanqua une puissante gifle, comme pour chasser par ce geste sa propre frayeur.

Paul se tut aussitôt, estimant en avoir assez fait. Il quitta le salon tandis que Luc-Alexandre s'aventurait jusqu'à la porte-fenêtre. Le jeune homme fit un pas sur le balcon, scruta la nuit. La pelouse devant le manoir était déserte, pour autant qu'on pût en juger dans les ténèbres. Les deux grosses lanternes du porche étaient éteintes, alors qu'elles auraient dû brûler à cette heure, comme chaque soir.

Alerté par le brouhaha, le baron descendit en robe de chambre, tandis que sa fille, effrayée, se penchait sur la rampe du deuxième étage. Dans le salon il ne restait plus trace de l'apparition, sauf une subtile odeur de fumée, capiteuse comme celle d'un encens. Lourier, le valet du grand-père, avait assis son maître et craignait pour sa vie après une telle frayeur. Ce fut Luc-Alexandre qui résuma le drame, sans toutefois rapporter les paroles de Carignan.

Paul Davard, lui, était déjà rendu dans la cave et ouvrait une porte dissimulée dans une encoignure, derrière un pilier massif. Par un court tunnel et une deuxième porte, il accéda à la cave de la vieille tour voisine du manoir. Le revenant était là, ou plutôt Thomas Carignan, essuyant la farine qui blanchissait son visage. Didier et Guillaume portaient les lanternes sourdes dont ils avaient tout à l'heure ouvert les volets pour «faire apparaître» et illuminer Carignan, lui perché sur la balustrade du balcon, eux face à lui, adossés à la façade de part et d'autre de la porte-fenêtre. Rébecca était là aussi, portant les bâtons au bout desquels, durant l'apparition, elle avait agité de sous le balcon des paquets d'herbes humides — de ces herbes rares dont les Amérindiens et les Gaëls de Tirnewidd connaissaient les vertus magiques.

Paul les fit tous passer dans le court tunnel.

— Ça a marché, tu crois? lui demanda son ami Didier.

— Je pense bien: je ne l'ai jamais vu aussi blême!

— Mais... tu saignes?

Le jeune Davard porta la main à son nez.

— Oh, ce n'est pas grave. Mon cher frère qui s'est rassuré en me giflant.

— Canaille! siffla Guillaume.

— Tu crois qu'il soupçonne ta complicité? demanda Rébecca.

— Du tout. Il ne sait pas que je connais Didier et Guillaume. Et s'il demande pourquoi j'ai prétendu que grand-père l'avait appelé à ses appartements, je dirai que j'ai entendu une voix dans le couloir, et on croira que c'était le fantôme.

Il guida les quatre conspirateurs à travers les vastes caves du manoir, jusqu'à un escalier plongeant dans les profondeurs de la terre.

— Vous connaissez le chemin. Moi, je dois vous laisser; mon absence les intriguerait.

Didier et Guillaume connaissaient le chemin, en effet: ils l'avaient emprunté à deux reprises l'an dernier, dans des circonstances assez terrifiantes*, et l'aide de Paul Davard leur avait sauvé la vie quelquefois. Ils lui firent leurs adieux et le remercièrent avec chaleur.

Puis, Didier en tête, Guillaume fermant la marche, ils descendirent jusqu'en bas de l'escalier taillé à même le roc. Ils traversèrent une longue caverne au sol accidenté, passèrent en frissonnant devant l'entrée d'une autre, plus large, à jamais tachée par l'atrocité des sacrifices humains qu'y avaient jadis commis le sorcier Davard et ses complices.

Le plus difficile du parcours souterrain fut le passage d'une longue galerie naturelle, étroite et

---

* Lire, dans la même collection, *L'épée Arhapal.*

basse, où des hommes adultes avaient peine à se faufiler parfois. Mais ils y parvinrent tous, sûrs au moins d'échapper aux recherches qui s'organisaient peut-être dans le parc du manoir, juste au-dessus d'eux. Ils accédèrent ainsi à une crypte, sous le tombeau familial des Davard. Guillaume ayant maintenant quelque habitude du crochetage des serrures, ils franchirent sans trop de peine grille et porte, pour se retrouver devant le tombeau, dans la forêt de Granverger, hors les limites du parc.

— Tu crois qu'il a encore son dé... son grand-duc? demanda Guillaume.

— J'espère que non, fit Didier.

Stryx, le hibou domestiqué par Luc-Alexandre Davard — ou son démon familier, si l'on croyait à la sorcellerie — avait failli, à une ou deux reprises, causer leur mort à tous deux, lorsqu'ils étaient venus lui reprendre l'épée Arhapal, volée au forgeron Philanselme*.

Mais Stryx ne se manifesta pas cette nuit-là.

Les chevaux des quatre conspirateurs étaient tout près, sur la route du moulin. Guillaume, qui n'en avait point, monta en croupe derrière Rébecca; elle ne lui avait pas encore déclaré son amour mais il avait lui-même un net penchant pour elle.

Derrière eux, là-bas, le parc du manoir était sombre et silencieux. On n'avait pas organisé de battue, ni flambeaux ni lanternes n'avaient été sortis:

_____

* Lire, dans la même collection, *L'épé Arhapal.*

on ne rattrappe pas les fantômes comme de vulgaires cambrioleurs.

Mais dans le manoir même, toutes les chandelles restèrent allumées jusqu'au matin. Même Luc-Alexandre Davard ne dormit pas, et quelques années allaient passer avant qu'il n'ouvre à nouveau ses livres de nécromancie.

Épilogue

Quant à la cité de Tirnewidd, comme l'avait prédit Jean-Loup Carignan, elle mourut paisiblement, isolée dans sa forêt, inconnue de tous. Didier Bertin et sa cousine Rébecca en gardèrent fidèlement le secret.

Le dernier à y habiter fut Fer O'Gwain, arrière-petit-fils du Sinn O'Gwain que vit Didier; encore n'était-il qu'à moitié celte, né d'une mère abénaquise et du dernier Gaël authentique.

La forêt continua de gagner du terrain, reconquérant le vallon jadis défriché par les colons celtes, entourant le château-fort d'une gangue végétale.

Si vous vous promenez dans les bois au sud-ouest de Chandeleur, vous tomberez peut-être, avec beaucoup de chance, sur les ruines de Tirnewidd. Plus probablement, vous passerez à côté sans les voir. Il n'en reste que quelques pierres émergeant de l'herbe, un ou deux pans de murs cachés par des buissons. Pour le reste, dalles et escaliers ont disparu sous les racines de grands arbres centenaires.

Quelque part sous terre, alignés dans les ténèbres de leurs tombeaux, les chefs qui se succédèrent au château de Tirnewidd dorment d'un sommeil sans fin.

Table des matières

1- L'Inconnu de St-Imnestre   5

2- Embuscade dans la forêt   17

3- Égarés   30

4- Les tombeaux de la cité   49

5- La flèche et le loup   63

6- La butte aux pierres levées   79

7- Tirnewidd   94

8- Sous la serpe du vieux mage 107

9- Le mystérieux archer 122

10- Une apparition 139

Épilogue 160

Collection

Jeunesse — pop

JUSTICIERS MALGRÉ EUX, Denis Boucher
L'INCONNUE DES LAURENTIDES, Monique Sabella
LES INSURGÉS DE VÉGA 3, Jean-Pierre Charland
BLAKE SE FAIT LA MAIN, Claire Paquette
PIONNIERS DE LA BAIE JAMES, Denis Boucher
LE PIÈGE À BATEAUX, Louis Sutal
ALERTE À L'UNIVERSITÉ, Claire Paquette
L'HÉRITAGE DE BHOR, Jean-Pierre Charland
RAMOK TRAHI, Denis Boucher
DIANE DU GASCOGNE, Sylvestre Zinnato
PIÈGE SUR MESURE, Marie Plante
UNE...DEUX...TROIS PRISES. T'ES MORT, Jean Benoit
LE TOURNOI, Jean Benoit
LA ROULOTTE AUX TRÈFLES, Joseph Lafrenière
POURSUITE SUR LA PETITE-NATION, Claude Lamarche
ÉNIGME EN GRIS ET NOIR, Huguette Landry
LE TABACINIUM, Gaston Otis
LE BIBLIOTRAIN, Joseph Lafrenière
INNOCARBURE À L'ENJEU, Marie Plante
L'ÎLE, Pauline Coulombe
CHANTALE, Joseph Lafrenière
LA BARRIÈRE DU TEMPS, Marie Plante
VIA MIRABEL, Gaston Otis
ORGANISATION ARGUS, Daniel Sernine
LE FILS DU PRÉSIDENT, Alain Bonenfant
LE TRÉSOR DU SCORPION, Daniel Sernine
GLAUSGAB, CRÉATEUR DU MONDE, Louis Landry
GLAUSGAB, LE PROTECTEUR, Louis Landry
KUANUTEN, VENT D'EST, Yves Thériault
L'ÉPÉE ARHAPAL, Daniel Sernine
LE FILS DU SORCIER, Henri Lamoureux
LA CITÉ INCONNUE, Daniel Sernine
ARGUS INTERVIENT, Daniel Sernine
HOCKEYEURS CYBERNÉTIQUES, Denis Côté
L'ARBRE AUX TREMBLEMENTS ROSES, Danièle Simpson
TEMPS PERDU, Charles Montpetit

L'INVISIBLE PUISSANCE, Denis Côté
LES ENVOÛTEMENTS, Daniel Sernine
DE L'AUTRE CÔTÉ DE L'AVENIR, Johanne Massé
LA PISTE DE L'ENCRE, Diane Turcotte
LA PÉNOMBRE JAUNE, Denis Côté
L'ÉTRANGER SOUS LA VILLE, Esther Rochon
MÉTRO CAVERNE, Paul de Grosbois
CONTRE LE TEMPS, Johanne Massé
LE RENDEZ-VOUS DU DÉSERT, Francine Pelletier
LE DOUBLE DANS LA NEIGE, Diane Turcotte
LE MYSTÈRE DE LA RUE DULUTH, Paul de Grosbois
LA MÉMOIRE DES HOMMES, Jean-Michel Lienhardt
ARGUS: MISSION MILLE, Daniel Sernine
MORT SUR LE REDAN, Francine Pelletier
TEMPS MORT, Charles Montpetit